撰稿：
苗红梅　庞博　陈雷

插画绘制：
肖猷洪　郑作鲲　雨孩子　兰钊
王茜茜　李未名

设计：
马睿君　刘慧静　高晓雨

旅行风物

古诗词里的大语文

魏铭 主编
派糖童书 编绘

化学工业出版社
·北京·

图书在版编目（CIP）数据

古诗词里的大语文. 旅行风物/魏铭主编；派糖童书编绘. —北京：化学工业出版社，2021.5
ISBN 978-7-122-38666-3

Ⅰ.①古… Ⅱ.①魏… ②派… Ⅲ.①古典诗歌-中国-儿童读物 Ⅳ.①I207.227.42-49

中国版本图书馆CIP数据核字（2021）第042118号

责任编辑：陈　曦　　　　　　　　装帧设计：派糖童书
责任校对：李雨晴

出版发行：化学工业出版社（北京市东城区青年湖南街13号　邮政编码100011）
印　　装：北京宝隆世纪印刷有限公司
710mm×1000mm　1/16　印张11　2022年1月北京第1版第1次印刷

购书咨询：010-64518888　　　　　　　　售后服务：010-64518899
网　　址：http://www.cip.com.cn
凡购买本书，如有缺损质量问题，本社销售中心负责调换。

定　　价：49.80元　　　　　　　　　　　　　版权所有　违者必究

前言

泱泱中华,地大物博。这片广袤的天地,深受大自然的眷顾,它馈赠给了我们连绵不绝的高山,奔流不息的江河,苍茫广阔的原野,物产丰富的土壤……再加上聪明的古人,用勤劳的双手创造了太多令人叹为观止的奇迹,让这片土地更加生动。

古人和你我一样,在对自然充满敬畏的同时,也对祖国的大好河山无限热爱,千百年过去,这份深情在飞逝如斯的时间里,也从没改变。

在文人墨客的笔下,大自然好像从来都不是一成不变的。"会当凌绝顶,一览众山小"是山的威严;"横看成岭侧成峰,远近高低各不同"记录着山的多变;"黄河远上白云间"是水的气魄;"流水如有意"却传达着水温婉的一面……还有那一望无际的原野,它的胸怀也足够博大,不然怎会诞生"天似穹庐,笼盖四野"的千古名句?

本书不仅记录了古诗词里的山水,还有独具特色的城市以及了不起的古代建筑,另外我们还想和小朋友更多地分享它们背后的一些趣事。如巍巍嵩山里藏着的"中国六最",有"牡丹之都"之称的洛阳为何"纸贵",还有庐山中传说凡人难得一见的"竹林隐寺",也有画风独特的"扬州八怪"……

读"万卷书"和行"万里路"一直是学子的追求,我们希望小读者在轻松的状态下学习古诗词,一边获取知识,一边"行走"在路上。在对中华传统文化多些了解的同时,也能对与我们生活息息相关的大自然心怀感恩。

目录

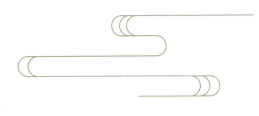

西湖／钱塘湖春行 …… 38

江南水乡／忆江南 …… 34

北固山／次北固山下 …… 30

扬州／忆扬州 …… 26

寒山寺／枫桥夜泊 …… 22

秦淮河／泊秦淮 …… 18

风神／风 …… 14

阴山／敕勒歌 …… 10

明长城／长相思 …… 6

北京／登幽州台歌 …… 2

庐山 / 题西林壁 ……… 78

庐山瀑布 / 望庐山瀑布二首（其二）……… 74

灯彩 / 西江月·夜行黄沙道中 ……… 70

滁州 / 滁州西涧 ……… 66

天门山 / 望天门山 ……… 62

钱塘江 / 望海潮·东南形胜（节选）……… 58

湖州 / 渔歌子·西塞山前白鹭飞 ……… 54

浙江 / 宿建德江 ……… 50

庙会 / 晓出净慈寺送林子方二首（其二）……… 46

苏堤 / 饮湖上初晴后雨二首（其二）……… 42

- 岳阳楼 / 登岳阳楼……118
- 荆门 / 汉江临泛……114
- 黄鹤楼 / 黄鹤楼……110
- 汉江 / 渡汉江……106
- 洛阳 / 春夜洛城闻笛……102
- 黄河 / 浪淘沙（其一）……98
- 鹳雀楼 / 登鹳雀楼……94
- 嵩山 / 归嵩山作……90
- 泰山 / 望岳……86
- 滕王阁 / 滕王阁……82

附录 / 古诗词里的名句……………………162

青海湖 / 从军行七首（其四）……………158

玉门关 / 凉州词二首（其一）……………154

终南山 / 终南山……………………………150

大雁塔 / 同诸公登慈恩寺塔（节选）……146

华清宫 / 过华清宫绝句三首（其一）……142

华山 / 行经华阴……………………………138

峨眉山 / 峨眉山月歌………………………134

柳州 / 登柳州城楼寄漳汀封连四州………130

桂林 / 送桂州严大夫同用南字……………126

洞庭湖 / 望洞庭……………………………122

登幽州台①歌

〔唐〕陈子昂

前不见古人，
后不见来者。
念②天地之悠悠③,
独怆然④而涕下。

· 作者简介 ·

陈子昂（659—700），字伯玉，梓州射洪（今四川省射洪市）人。唐代文学家、诗人，初唐诗文革新人物之一。

·注释·

①幽州台：即蓟（jì）北楼，也称燕（yān）台，据说是燕昭王为招纳贤才所铸的黄金台。
②念：想到。
③悠悠：形容时间的久远和空间的广大。
④怆然：悲哀、伤感的样子。

·译文·

　　向前看不见古代的贤君，向后望不见当今的明主。只有那苍茫天地悠悠无限，我独自凭吊，止不住满怀悲伤，涕泪纵横。

·首都北京·

北京是我国的首都,历史上曾有过很多名称,如"燕京""幽州""北平"等。作为文化名城,这座城市总是弥漫着挥散不去的古韵。

·天坛祭天·

天坛是明、清两代皇帝祭天的地方。每年的冬至,皇帝都要到天坛祭天,祈祷(qí dǎo)五谷丰登。古代由皇帝躬行的祭祀中,冬至祭天为最高级别,其次是祭地、祈谷、祈雨,都要提前三天宿于斋(zhāi)宫进行斋戒。

皇帝斋戒时,乾清门前要摆放斋戒牌和斋戒铜人,表示皇帝正在斋居,整个皇宫须保持一种肃穆的气氛。

· 颐和园 ·

　　颐和园是清朝时期的皇家园林,我国四大名园之一,坐落在北京西郊,与圆明园毗(pí)邻。其前身是清乾隆十五年(1750年)始建的"清漪(yī)园"。咸丰十年(1860年),清漪园被英法联军所毁。光绪十四年(1888年)重建,改名"颐和园"。主要景点有万寿山、十七孔桥、石舫(fǎng)、长廊等。

· 故宫 ·

　　北京故宫旧称"紫禁城",是我国现存最大、保存最完整的古代木质结构建筑群。故宫是明、清两代的皇宫,主要建筑分外朝与内廷两大部分。外朝是封建帝王行使权力、举行隆重典礼的地方;内廷则是帝王及后妃居住的地方。

长相思

〔清〕纳兰性德

山一程，水一程，身向榆关①那畔②行，夜深千帐灯。

风一更，雪一更，聒③碎乡心梦不成，故园④无此声。

· 作者简介 ·

纳兰性德（1655—1685），字容若，号楞伽（léng qié）山人，家世显赫，清代康熙朝重臣明珠之子。纳兰性德词风和李煜（yù）相近，清丽婉约。

· 注释 ·

① 榆关：山海关。

② 那畔：那边，这里指山海关外。

③ 聒：喧闹，这里指风雪声。

④ 故园：故乡。

· 译文 ·

　　将士们翻山越岭，跋山涉水，急速向着山海关行进。入夜，千万个营帐中灯火通明。帐外北风呼啸，大雪纷飞，惊醒了梦中的将士，如此情境勾起了他们惆怅（chóu chàng）的思乡之情，家乡可没有这样的声音。

·明长城·

明长城是明朝时在前几代长城基础上修筑的军事防御工程，还有一个别称叫"边墙"。明长城属于明太祖所设的北方三道防线的最后一道。修筑明长城用的材料和秦始皇时期修筑长城的用材相似，但是和汉长城、清长城都不一样。

·山海关·

中国长城有"三大奇观",东有山海关、中有镇北台、西有嘉峪(yù)关。

关就是"关隘(ài)"的意思,山海关是明长城的东北关隘之一,又称"榆关",位于河北省秦皇岛市东北15公里处,是明长城东端的起点。

山海关因其枕山襟(jīn)海,所以人们给它取名山海关。山海关还被誉为"边郡之咽喉,京师之保障",与万里外的嘉峪关遥相呼应、闻名天下,被称为"天下第一关"!

敕勒歌

北朝民歌

敕勒川①，阴山②下，
天似穹庐③，笼盖四野④。
天苍苍，野茫茫，
风吹草低见⑤牛羊。

· 诗歌简介 ·

《敕勒歌》收在《乐府诗集》的《杂歌谣辞》中，是一首典型的北朝民歌，描述了北国草原壮丽、富饶的风光。一般认为是由鲜卑语译成汉语的。

·注释·

①敕勒川：指敕勒族居住的地方。敕勒是欧亚大陆的一个古代游牧民族，北齐时居住在今山西省北部及内蒙古一带的草原上。
②阴山：指阴山山脉，坐落在内蒙古自治区中部及河北省北部。
③穹庐：游牧民族居住的圆顶毡（zhān）布帐篷，现在称蒙古包。
④笼盖四野：笼罩着四方的原野。
⑤见：同"现"，意为"显露"。

·译文·

辽阔的敕勒川，延伸到阴山脚下。天空就像巨大的毡帐，笼罩着四方的原野。蓝天辽阔，原野茫茫。风吹弯了绿草，一群群的牛羊时隐时现。

·蒙古包·

蒙古包是游牧民族居住的一种房子,十分便于搭建和搬迁。蒙古包的"包"字有"家"或"屋"的意思,在古代也叫作"毡包""毡帐""穹庐"。据记载,蒙古包已经有两千多年的历史了,它所使用的材料主要是木材和毛毡。《周礼·天官·掌皮》中记载,早在周朝,人们就已经掌握了利用动物毛制造毛毡的技术。

·阴山山脉·

阴山山脉是中国北部重要的地理分界线。它横亘(gèn)在内蒙古自治区中部,呈东西走向,平均海拔1500米以上,最高峰呼和巴什格山海拔2364米。山间垭(yā)口(即两山间狭窄的地方)自古为南北交通要道。

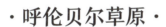

·呼伦贝尔草原·

  提起内蒙古，最值得一提的莫过于呼伦贝尔草原。呼伦贝尔草原位于内蒙古自治区东北部，因境内的呼伦湖和贝尔湖而得名。呼伦贝尔草原景色优美，地域辽阔，是我国著名的天然牧场。

风

〔唐〕李峤

解落①三秋②叶，
能开③二月花。
过江千尺④浪，
入竹万竿斜。

·作者简介·

李峤（qiáo，645—714），字巨山，赵州赞皇（今河北省赞皇县）人，唐代诗人。他前与王勃、杨炯（jiǒng）相接，又和杜审言、崔融、苏味道并称"文章四友"。

·注释·

① 解落：吹落。
② 三秋：秋季，一说指农历九月的晚秋。
③ 开：吹开。
④ 千尺：形容浪很高。

·译文·

　　风，能吹落晚秋枯萎变黄的树叶，能吹开春天待放的花苞。风吹过江面，能掀起千尺巨浪，风吹进竹林，能让竹林摇曳（yè）倾斜。

·风神·

旅行时，我们能看到各种不同的风景，无疑都能给内心带来美好的体验。而这些风景的变化和自然力量的塑造息息相关。

古代，人们对自然的认知有限，很多事物无法解释，便认为自然现象、万物各自都有主宰的神。比如太阳催发万物，那么日神便是众神中最尊贵的神之一。风雷山川、一年四季，都有神当值。

风神是飞廉，头像鸟雀，身体像鹿，在四海之上巡游，高兴的时候令人欢喜，生气的时候令人惧怕；雷神是丰隆，长着人的头颅，龙的身体，他的肚子是个鼓，能发出巨响，人们听起来，便是隆隆的雷声了。

·四季神·

古代神话中，司春之神叫"句（gōu）芒"，也被称为"芒神""木正"，专门监管植物的生长，后来人们相信他能增加人的寿数，所以很受崇拜。句芒人面鸟身，乘着乌云带着雨下界，这也是使万物生长的春季的特征。

司夏之神是"祝融"，夏天的炎热很容易让人联想到火，祝融也是火神，所以也叫"火正"。祝融性情喜怒不定，所以夏天里万物繁茂生长，却也可能干旱枯死，人们对祝融既爱又怕。

司秋之神叫"蓐（rù）收"，主金，掌管秋天收获储藏的工作。同时，他长得凶狠，人面、白毛、虎爪，还拿着大斧子，古籍中记载他还兼任刑神一职。古代的人在入秋之后实施死刑，与秋天万物萧条，还由这样一位神明掌管有关。

冬神叫"玄冥"，名字里就有阳光不足、阴冷昏暗的意思，这位神明的性格也是冷酷严厉的。寒冷的冰雪象征北方的冬季，玄冥是"水正"，也是北方之神。

泊①秦淮

〔唐〕杜牧

烟笼②寒水③月笼沙,
夜泊秦淮近酒家。
商女④不知亡国恨,
隔江⑤犹唱后庭花⑥。

· 作者简介 ·

　　杜牧（803—853），字牧之，号樊（fán）川居士。京兆万年（今陕西省西安市）人。杜牧是晚唐著名的诗人、散文家，著有《樊川文集》。他的诗歌以七言绝句著称，内容以咏史抒怀为主。

·注释·

① 泊：停泊、靠岸的意思。
② 笼：笼罩。
③ 寒水：寒凉的水，意指秋水。这里指秦淮河水。
④ 商女：指以卖唱为生的歌女。
⑤ 隔江：指隔着秦淮河。长江以南，无论水之大小，口语中常称为"江"。
⑥ 后庭花：歌曲名，是南朝后主所做《玉树后庭花》的简称，被后人看作是亡国之音。

·译文·

　　浩渺的寒江之上弥漫着烟雾，迷蒙的月色笼罩着白沙。在这样的夜晚，我把小船停泊在秦淮河畔，靠近了酒家。酒楼上欢歌笑语，卖唱的歌女不知道亡国之恨，仍然在弹唱着《玉树后庭花》。

·夫子庙—秦淮河风光带·

南京夫子庙是一组规模宏大的古建筑群,是供奉和祭祀孔子的地方,中国四大文庙之一,是中国古代文化枢纽、历史文化荟萃之地。夫子庙—秦淮河风光带以夫子庙建筑为中心,以秦淮河为纽带,是南京最繁华的地方。

著名的乌衣巷就是当时金陵(南京的古称)城中位于秦淮河南岸的一条巷子。东晋王导、谢安等豪门世族多聚居于此。刘禹锡在那首脍炙(kuài zhì)人口的诗《乌衣巷》中曾写道:"朱雀桥边野草花,乌衣巷口夕阳斜。旧时王谢堂前燕,飞入寻常百姓家。"表达了人生多变,荣华富贵难以常存的感慨。

古诗词里的故事

· 秦淮河 ·

　　秦淮河是长江下游右岸的支流，大部分在江苏省南京市境内。相传秦始皇南巡会稽（kuài jī）时凿钟山以疏淮水，故称"秦淮"。秦淮河流域六朝时成为名门望族聚居之地，是孕育金陵古老文化的摇篮。

枫桥①夜泊

〔唐〕张继

月落乌啼②霜满天,

江枫③渔火④对愁眠。

姑苏⑤城外寒山寺⑥,

夜半钟声到客船⑦。

·作者简介·

张继,字懿(yì)孙,襄州(今湖北省襄阳市)人。唐代诗人,有诗集《张祠部诗集》一部流传后世。

·注释·

① 枫桥：在今江苏省苏州市城西。
② 乌啼：乌鸦啼鸣。一说"乌啼"为地名，指"乌啼镇"。
③ 江枫：江边的枫树。
④ 渔火：渔船上的灯火。
⑤ 姑苏：苏州的别称。
⑥ 寒山寺：因名僧寒山而得名，在枫桥附近。
⑦ 客船：指诗人夜泊之船。因诗人正在旅行中，所以称为"客"。

·译文·

　　月亮落下，乌鸦啼鸣，寒气弥漫在周围。这时候，江边的枫树以及江面渔船上的灯火与我相对，伴我入眠。姑苏城外那寂静的寒山古寺响起敲钟声，夜半时分清晰地传到了客船上。

·"寒山寺"的由来·

寒山寺是江苏苏州著名的寺院之一,建于南朝梁天监年间,初名为"妙利普明塔院",至今已有1400多年的历史。相传唐代贞观年间,高僧寒山与拾得从天台山来此住持,于是塔院被改名为"寒山寺"。

·寒山大钟·

相传,寒山寺中曾有一口大钟,以钟声悠扬洪亮而闻名,本诗中所写的"夜半钟声"记录的就是它的声音。寒山寺中的大钟随着年代更迭,也经历了几次更换。

明代嘉靖(jìng)年间,一个叫"本寂"的僧人重新铸了一口巨钟悬挂于钟楼上。传说这口钟于明代末年流入日本。光绪三十年(1904年),江苏巡抚在重修寒山寺时,又新铸了一口大钟,悬挂在六角钟楼上。

忆扬州①

〔唐〕徐凝

萧娘②脸薄③难胜④泪，
桃叶眉尖易觉⑤愁。
天下三分明月夜，
二分无赖是扬州。

·作者简介·

徐凝，睦（mù）州（今浙江建德东北）人，唐代诗人。生卒年不详，约与白居易、元稹同时期或稍晚。他的诗以七绝见长，代表作有《忆扬州》《奉酬元相公上元》等。

·注释·

① 扬州：今江苏省扬州市。
② 萧娘：常用于诗词中，指男子所恋的女子。
③ 脸薄：容易害羞，这里形容女子娇美。
④ 胜：能承受。
⑤ 觉：察觉。

·译文·

　　萧娘娇美的脸颊似乎难以承受住离别的眼泪，桃叶般的眉梢上稍微挂上一点儿忧愁就会被人察觉。假如天下明月的光华有三分，可爱的扬州啊，你竟然占去了两分。

· 绿杨城郭 ·

扬州,古代"九州"之一,已有两千五百多年的城建史。相传,隋炀帝下令开挖运河时,曾专门让人在河堤两岸遍植柳树,并赐柳树与自己同宗,即柳树也可以姓杨,叫"杨柳"。从此,扬州便有了"绿杨城郭"的美誉。

"烟花三月"是去扬州的最好时节。瘦西湖、大明寺、何园、个园、扬州八怪纪念馆等,都是扬州的著名景点。

·扬州八怪·

　　扬州八怪是清代乾隆年间在江苏扬州卖画的几个代表画家的总称，关于具体都有哪八个人，说法不一。作为一个流派，包括了郑燮（xiè）、黄慎、高翔、汪士慎等人。他们的画主要以花卉为题材，也画山水、人物。因为画作风格和当时所谓"正统"有所不同，因此有"八怪"之称。他们敢于突破传统的创新画法，对中国绘画产生了深远影响。

次① 北固山② 下

〔唐〕王湾

客路青山外,行舟绿水前。
潮平两岸阔,风正一帆悬。
海日生残夜③,江春入旧年。
乡书何处达?归雁洛阳边。

· 作者简介 ·

王湾(生卒年不详),洛阳(今河南洛阳)人,唐代开元时期(713—742)著名诗人。王湾"词翰早著",现存诗作10首,其中最出名的就是《次北固山下》。

·注释·

① 次:住宿,这里指船停泊。

② 北固山:在今江苏镇江,北临长江,山势险固,因此得名。

③ 残夜:夜晚将尽之时。

·译文·

　　游客所走的道路,从青青的北固山向远方伸展,江上碧波荡漾,我正好乘船向前。潮水上涨,与岸齐平,江面变得开阔无边,和风吹拂,风向不偏,一叶白帆好像高悬在天边。旭日已在江上冉冉升起,还在旧年时分,江南已有了春天的气息。寄出去的家书不知何时才能到达,希望北归的大雁能将书信捎到洛阳去。

·北固山·

北固山位于江苏省镇江市东北方江滨,有南、中、北三峰。主峰北峰三面临江,山势险固,所以称"北固"。据传因梁武帝曾登山顶,北览长江壮丽景色,所以也称"北顾山"。

北固山素有"京口(镇江)第一山"之称,古迹有甘露寺、铁塔、多景楼、凌云亭(祭江亭)、溜马涧等,多与三国故事有关。

北固山东麓建有革命烈士纪念塔、烈士公墓和烈士事迹陈列室。

·甘露寺传说·

相传，三国时期孙刘联姻就在北固山顶的甘露寺。

《三国演义》第五十五回记载，赤壁大战后，刘备借东吴的荆州不还，周瑜向孙权献策，以孙权的妹妹孙尚香为饵，设下美人计，诱刘备来东吴北固山的甘露寺联姻，并趁机将他扣为人质，以讨回荆州。结果诸葛亮将计就计，使孙刘联姻弄假成真，婚后刘备带孙夫人逃离了东吴，让东吴"赔了夫人又折兵"。

后来人们用"赔了夫人又折兵"比喻原本想占便宜，结果不但便宜没占到，反而遭受了损失。

忆江南①

〔唐〕白居易

江南好，

风景旧曾谙②。

日出江花③红胜火④，

春来江水绿如蓝⑤。

能不忆江南？

· **作者简介** ·

白居易（772—846），字乐天，晚年号香山居士。他是唐代伟大的现实主义诗人，非常关心百姓的疾苦。在文学方面积极倡导新乐府运动，主张"文章合为时而著，歌诗合为事而作"。

·注释·

① 江南：这里的江南，主要是指长江下游的苏州、杭州一带。
② 谙：熟悉。作者年轻时曾三次到过江南，还做过杭州、苏州刺史。
③ 江花：江边的花朵。
④ 红胜火：颜色鲜红胜过火焰。
⑤ 绿如蓝：绿得胜过蓝草染出的颜色。蓝，蓝草，叶子可制青绿色的染料。

·译文·

　　江南的风景多么美好，那里的美景我当年很熟悉。太阳从江面升起时，把江边的鲜花照得比火还红，春天，碧绿的江水绿得胜过蓝草能染出的颜色。怎能叫人不怀念江南？

·小桥、流水、人家·

江南水乡泛指苏州、嘉兴、湖州等地区。这些地方河渠纵横、交通发达，形成了众多独具特色的水乡城镇。其中，江苏省的周庄、同里、浙江省的乌镇、西塘和南浔（xún）等古镇直到现在都保存完好。

江南水乡古镇依水而建，由很多风格不同的石桥连为一体，在布局上随着水流变化而呈现出不同的风貌。镇内传统建筑随处可见，家家临水，户户通舟，形成特有的"小桥流水人家"的人文景观。

·周庄古镇·

周庄位于江苏省昆山市,是江南水乡著名古镇之一。

相传,周庄在隋唐时本来叫"贞丰里",北宋元祐年间,有位姓周的官员在这里居住,他捐田建寺,帮助村民发展。在他的帮助下,村落规模逐渐扩大,村民们对他心存感激,于是便将"贞丰里"改名为"周庄"。

周庄内河道纵横、桥梁众多,有明代双桥、沈万三故居等,是历史文化名镇。

钱塘湖①春行

〔唐〕白居易

孤山②寺北贾亭西,水面初平③云脚④低。
几处早莺⑤争暖树,谁家新燕⑥啄春泥。
乱花⑦渐欲迷人眼,浅草才能没马蹄。
最爱湖东⑧行不足⑨,绿杨阴⑩里白沙堤。

· **作者概况** ·

白居易的诗歌题材广泛、形式多样,语言平易通俗,有"诗魔"和"诗王"之称。他有作品集《白氏长庆集》传世,代表诗作有《长恨歌》《赋得古原草送别》《琵琶行》《卖炭翁》等。

·注释·

① 钱塘湖：今杭州西湖。
② 孤山：在西湖的后湖与外湖之间，因与其他山不相连接，所以称"孤山"。
③ 水面初平：春天湖水上涨，水面与湖岸齐平。
④ 云脚：指将要下雨或雨刚停时，接近地面的云，远看似与地面连成一片。
⑤ 早莺：初春早来的黄莺。
⑥ 新燕：刚从南方飞回来的燕子。
⑦ 乱花：纷繁的花。
⑧ 湖东：西湖东部。
⑨ 行不足：百游不厌。足，满足。
⑩ 阴：同"荫"，指树荫。

·译文·

　　从孤山寺的北面到贾亭的西面，湖水初涨刚与岸平，白云低垂接地。几处早到的黄莺争抢着飞向沐浴在温暖阳光下的树木，从南方飞回来的燕子为筑巢嘴衔春泥。五彩缤纷的花朵渐渐使人眼花缭乱，短短的春草刚刚能够遮没马蹄。我最喜爱西湖东边的美景，总观赏不够，尤其是绿色杨柳荫下的白沙堤。

·西湖·

西湖在浙江省杭州市,汉代时称"明圣湖",因为湖的位置在城西,到了唐代便改名为"西湖"。西湖被孤山、白堤、苏堤分割为外西湖、里西湖、后西湖、小南湖及岳湖五个部分。这里风景秀美,是国家级风景名胜区。2011年,杭州西湖文化景区被列入《世界遗产名录》。

·雷峰塔·

凡是对《白蛇传》的故事有所了解的小朋友,一定都听说过雷峰塔。相传,白娘子当年为了救她的相公许仙,与法海和尚斗法,水漫金山寺,最终被法海压在了雷峰塔下。

历史上,这座著名的塔位于浙江省杭州市西湖南岸,为五代时期的吴越王钱俶(chù)所建,本名为"皇妃塔",又叫"西关砖塔"。后因为它坐落在夕照山的雷峰之上,渐渐地,人们就都叫它"雷峰塔"了。

当时,民间百姓对佛塔的塔砖有一种迷信,认为这些砖可以避邪、治病等,有多种功能,所以百姓们经常偷挖盗取,私拆塔砖,结果1924年时,年久失修的雷峰塔轰然坍塌,西湖十景中著名的"雷峰夕照"也遗憾地消失了。

2002年,为了恢复"雷峰夕照"的胜景,浙江省政府成功重建了雷峰塔。如今小朋友如果去杭州游玩,雷峰塔、夕照亭、妙音台等都是不容错过的景点。

饮湖上①初晴后雨二首（其二）

〔宋〕苏轼

水光潋滟②晴方好，
山色空蒙③雨亦奇④。
欲把西湖比西子⑤，
淡妆浓抹总相宜⑥。

· **作者简介** ·

苏轼（1037—1101），字子瞻，号东坡居士，眉州眉山（今四川省眉山市）人，北宋著名文学家、书画家。他的代表作品有《水调歌头·丙辰中秋》《念奴娇·赤壁怀古》《记承天寺夜游》等。

·注释·

① 饮湖上：在西湖的船上饮酒。
② 潋滟：水波光芒闪烁。
③ 空蒙：云雾弥漫的样子。
④ 奇：奇妙。
⑤ 西子：西施，古代四大美女之一。
⑥ 相宜：正合适。

·译文·

　　晴空万里，西湖在阳光照耀下，水波荡漾，闪烁着光芒，那样子美极了。下雨时，雾气弥漫，西湖周围的山笼罩在烟雨中，若隐若现，有种朦胧的美感。真想把美丽的西湖比作美女西施，那么不论是上淡妆还是浓妆，由于天生丽质，都是那么美好。

·东坡肉·

我们去全国各地旅行时,一定要尝尝当地的特色美食:内蒙古的羊排、新疆的红柳肉串、东北的酸菜血肠、上海的小笼包、广东的茶点、澳门的葡式蛋挞(tà)、桂林的米粉、苏州的松鼠鳜(guì)鱼、天津的炸糕、西安的白水羊肉、重庆的火锅……一方水土养育一方人,每一处的美食成就了每一处人们的情怀。美食牵动着人们的味蕾,也牵动着人们的思念。

相传,东坡肉是以一代文豪苏东坡的名字命名的。当年苏轼在徐州做知州的时候发生了洪灾,苏轼亲自带领全城百姓抗洪筑堤,终于保住了徐州城。百姓纷纷杀猪宰羊送给苏轼,苏轼推辞不掉,收下后亲自指点家人制成红烧肉,又回赠给参加抗洪的百姓。百姓吃了之后觉得肥而不腻、酥香味美,一致称它为"回赠肉"。后来这道菜流传开来,人们就把它叫作"东坡肉"。

·苏堤·

苏堤是西湖上一条贯穿南北的林荫大道。苏堤古时被称为"苏公堤",没错,又是和大文豪苏东坡有关。

北宋元祐(yòu)四年(1089年),苏东坡来到杭州担任知州,恰逢西湖水患,导致杭州百姓生活遭受很大破坏。苏东坡想到了一个妙法,不但疏浚(jùn)了西湖,还利用挖出的淤泥构筑了苏堤的原型。后来,又历经后世的修筑,苏堤逐渐演变成现在的样子。杭州百姓为纪念苏东坡治理西湖的功绩,就把它命名为"苏堤"。

古诗词里的故事

晓①出净慈寺②送林子方③二首（其二）

〔宋〕杨万里

毕竟④西湖六月中，
风光不与四时⑤同。
接天莲叶无穷碧⑥，
映日荷花别样红⑦。

· **作者简介** ·

杨万里（1127—1206），字廷秀，号诚斋。吉水（今江西省吉水县）人。南宋杰出诗人，与陆游、尤袤（mào）、范成大并称为南宋"中兴四大诗人"，代表作有《小池》《竹枝词》《初入淮河四绝句》等。

· 注释 ·

① 晓：天刚亮的时候。

② 净慈寺：浙江省西湖边一座佛寺。

③ 林子方：人名，作者好友。

④ 毕竟：到底。

⑤ 四时：本来指四季，这里指除去六月的其他月份。

⑥ 无穷碧：一片碧绿，无穷无尽。

⑦ 别样红：独特的红。

· 译文 ·

  西湖的风景，到底还是六月最美啊！这个时节，湖上的风光与其他季节大不相同。碧绿的荷叶连在一起，无穷无尽，像是与天空相接。阳光照在荷花上，映得荷花尤其美丽，呈现出独特的红色。

·庙会·

西湖风景很美,这种美源于它风景的独特格调,湖面上空经常雾气弥漫,衬得西湖周身像是有"仙气"。这仙境般的气质,除了浓雾,恐怕还要添上西湖周围寺庙的熏陶。说到寺庙,自古以来,逛庙会就是逢年过节的一项常见活动。

庙会源于宗教祭祀活动,慢慢发展为民间的盛大娱乐活动。庙会集中在市镇的某一区域,很多杂耍艺人、小吃摊位、手工艺品卖家充实了庙会内容,大量民众在祭祀活动之后涌入庙会,又吃又玩又买,热闹非常。

在庙会上,舞龙舞狮、踩高跷(qiāo)、扭秧歌、皮影戏等都是受欢迎的表演项目;小吃摊位体现各地不同的特色,随着南北融合,庙会上能吃到各地美食;手工艺品也是应有尽有,小孩子在这个时候总会收获满满。

·袁枚和李渔·

袁枚、李渔是我国清代有名的文学家,他们都是浙江人,也都是美食家。袁枚的《随园食单》和李渔的《闲情偶寄》都对浙菜的风味特色进行了阐述,扩大了浙菜的影响。袁枚的随园、李渔的芥子园在当时都十分知名。

随园是袁枚在江宁做官时买下的,之后改造成了一座美丽的园林,袁枚也因此号"随园主人"。随园主人袁枚特别喜欢美食,如果在谁家吃到好吃的,就一定会让自己的家厨像学生一样去拜师学艺,用四十多年收集了众家精华。袁枚在随园收了一些诗弟子,包括不少女弟子,同时经营随园,迎客饮宴,还出售自己的著作,随园闻名遐迩(xiá ěr),许多人为了吃到袁枚家的私房菜专门造访。

宿建德江①

〔唐〕孟浩然

移舟②泊③烟渚④,
日暮⑤客⑥愁新⑦。
野旷⑧天低树⑨,
江清月近⑩人。

· 作者简介 ·

孟浩然(689—740),字浩然,号孟山人,襄州襄阳(今湖北襄阳)人,唐代著名的山水田园派诗人,世称"孟襄阳"。因他没有步入仕途,所以世人称他为"孟山人"。

· 注释 ·

① 建德江：指新安江流经浙江建德的一段，沿岸风景秀美。
② 移舟：将船划向岸边。
③ 泊：停船靠岸。
④ 渚：水中的小块陆地。
⑤ 日暮：夕阳西下的傍晚。
⑥ 客：指诗人自己。
⑦ 新：增添。
⑧ 野旷：空旷的原野。
⑨ 天低树：远处的天边显得比树还低。
⑩ 近：距离很近。

· 译文 ·

　　把小船停靠在雾气弥漫的水中小洲边，日落的时候，离家在外的游子又涌上伤感的情绪。野外空旷寂寥（liáo），远处的天际好像比树还低沉，江水清澈，映得明月好像离人更近了。

·浙江·

浙江省这个名字由来已久，不足为奇，但是你可能不知道，"浙江"这个名字真的源自一条江。在古代，钱塘江被称为"浙"，全名"浙江"。明初时，此处设省，便用了这条省内最长的江命名。而原本的"浙江"又因流经古代钱塘县（今杭州）而得名钱塘江。自古以来，河流都是文明的发源地，钱塘江就是吴越文化的主要发源地之一。

江水潮涌，蔚为大观，钱塘江潮尤其壮丽，被誉为"天下第一潮"。

钱塘江流经富阳的一段又被称为"富春江"。想必你听说过《富春山居图》，这幅元代画家黄公望创作的水墨画，是中国十大传世名画之一。

·桃花岛·

辽阔的东海之上,浮着一座岛,岛上数十里,一路落着桃花,这便是浙江省舟山市普陀区下辖的桃花岛。桃花岛拥有舟山群岛第一高峰——安期峰,舟山第一深港——桃花港,岛上山花烂漫、林木葱翠,植被覆盖率75%以上,有"海岛植物园"之称。

"桃花"二字自古有很多隐喻,唐寅"老死花酒间"是与酒相配的风流,张志和"桃花流水鳜鱼肥"是烟火气的浪漫,李白"桃花潭水深千尺"是大象无形的宏远,陶渊明"芳草鲜美,落英缤纷"是与世无争的隐境。这些都是从不同角度描写桃花,看来,有桃花装点的世界,均宛如仙境。

渔歌子① · 西塞山前白鹭飞

〔唐〕张志和

西塞山②前白鹭③飞,
桃花流水④鳜鱼⑤肥。
青箬笠⑥,绿蓑衣⑦,
斜风细雨不须归⑧。

· 作者简介 ·

张志和(732—774),字子同,自号烟波钓徒,婺(wù)州金华(今浙江金华)人。唐代著名词人和诗人。

· 注释 ·

① 渔歌子：原来是曲调名，后来人们根据它填词，又成为词牌名。

② 西塞山：位于今浙江省湖州市西面。

③ 白鹭：白鹭属4种鸟类的通称，体羽全白，在水中捕食鱼虾。

④ 桃花流水：桃花开时正是涨春水的时节，又被称为"桃花汛"。

⑤ 鳜鱼：体色青黄，长有青斑，是江南的一种水产。

⑥ 箬笠：用竹子制成的斗笠。

⑦ 蓑衣：用草或棕叶制成的雨衣。

⑧ 不须归：忘记了回家。

· 译文 ·

西塞山前，白鹭自由自在地飞翔，桃花绽放，江水上涨，这个时节的鳜鱼最肥美。渔翁头戴斗笠，身穿蓑衣，在斜风细雨中垂钓，沉浸其中忘了回家。

·桃花岛传说·

古人称桃花岛（位于浙江省舟山市）为"白云山"，这个名字或许注定了它有一些神秘传说。

相传秦朝时，安期生抗旨南逃，来到了桃花岛，从此过起隐居生活，每日修道炼丹，渴望羽化登仙。一日，他喝醉了酒，将墨洒在了山石上，山石上的墨散开化成了桃花纹，那块石头上就布满了斑斑点点。也不知道什么时候，安期生的隐居生活被世人打破，可能他将这段或真或假的传奇往事讲给了世人听，总之，自秦以后，世人便称那块石头为"桃花石"了，那座山就被称为"桃花山"，岛称"桃花岛"。桃花后来在文人墨客笔下总是生长在隐境，也许与这段传说有关。

这段故事的真假无从考证，但桃花岛的美是我们亲眼可见的。桃花岛融合了海、山、石、礁（jiāo）、岩、洞、寺、庙、庵、花、林、鸟、摩崖石刻。岛上高山流水，礁石奇花，碧海金沙，山涧云雾，一切宛如水上仙境。

·南料北烹的浙菜·

读到"西塞山前白鹭飞,桃花流水鳜鱼肥"这句时,想必你对浙菜已经心驰神往。这句诗说到了浙江省吴兴县境内的美景、食材。浙江自古就是鱼米之乡,物产丰富,优越的地理条件成为浙菜发展的基础。在历史上,南宋将都城由汴(biàn)梁(今河南开封)迁到临安,也就是杭州,这使得浙菜具有了"南料北烹"的特点,也就是用北方的烹调方法将南方的食材做成美味可口的菜肴。浙菜口味略甜,小朋友们会很喜欢,烹制河鲜、海鲜是浙菜厨师们最拿手的。

望海潮①·东南形胜（节选）

〔宋〕柳永

东南形胜②，三吴③都会，钱塘自古繁华。烟柳画桥，风帘翠幕，参差④十万人家。

云树绕堤沙，怒涛⑤卷霜雪，天堑⑥无涯。市列珠玑⑦，户盈罗绮⑧，竞豪奢。

· 作者简介 ·

柳永（约987—约1053），原名三变，字景庄，后改名永，字耆卿（qí qīng），世称"柳七""柳屯田"。福建崇安（今福建武夷山市）人。北宋词人，他的作品《雨霖铃》《八声甘州》《望海潮》等流传很广，对宋词发展影响较大。

·注释·

① 望海潮:词牌名。
② 形胜:地理形势特别好的地方。
③ 三吴:古地区名,《水经注》称吴兴、吴郡、会稽为三吴。
④ 参差:形容房屋高低不齐。
⑤ 怒涛:每年阴历八月钱塘江的特大潮汛。
⑥ 天堑:天然形成的隔断交通的大沟,多指长江。这里指钱塘江。
⑦ 珠玑:珠,珍珠。玑,不圆的珠子。这里泛指珍贵商品。
⑧ 户盈罗绮:家家户户有许多绫罗绸缎。盈,充满。绮,有花纹或图案的丝织品。

·译文·

杭州地处东南方,地理形势优越,是江浙一带的都会,自古以来就十分繁华。如烟的柳树、彩绘的桥梁、随风摇动的帘子和翠绿的帷幕,阁楼高高低低,大约有十万户人家。

茂密如云的林木环绕着钱塘江沙堤,澎湃的潮水卷起霜雪一样白的浪花,宽广的江面一望无边。市场上陈列着琳琅满目的珠玉珍宝,家家户户都存满了绫罗绸缎,争相比奢华。

·钱塘·

世人皆知钱塘是杭州市一地名,此地还有"东南形胜,三吴都会"这样的诗句流传。有这样美称的古代钱塘,虽然我们未曾见过,却也不难想象它的卓然风华。《史记·秦始皇本纪》中记载:"始皇37年,东巡会稽,过丹阳,至钱唐,临浙江。"这是钱唐作为地名最早出现在史书中,后来历经朝代更迭,唐朝为了避国号讳,将"钱唐"更名为"钱塘",这一地名便一直沿用至今。

·钱塘江观潮·

钱塘江发源于安徽省，流经杭州市，注入杭州湾，受天体引力和地球自转产生的离心力，以及杭州湾特殊的喇叭口地形影响，当大量潮水涌入河道时，便可形成高达5米的巨浪，十分壮观。

小朋友们若打算现场观赏钱塘潮奇观，可以考虑去海宁市盐官镇，因为早在明代，这里就是著名的观潮胜地之一。此外，现场观潮时一定要注意远离岸边，避免受伤。

望天门山①

〔唐〕李白

天门中断楚江②开,
碧水东流至此回③。
两岸青山相对出④,
孤帆一片日边⑤来。

· **作者简介** ·

李白(701—762),字太白,号青莲居士。唐代伟大的浪漫主义诗人,被后世誉为"诗仙",与杜甫合称为"李杜"。他的代表作有《望庐山瀑布》《行路难》《蜀道难》《将进酒》《静夜思》《早发白帝城》等,有《李太白集》传世。

·注释·

① 天门山：安徽和县西梁山和当涂县东梁山并称为"天门山"。
② 楚江：古代长江中游位于楚国境内，这一段就被称为"楚江"。
③ 回：回旋。
④ 出：突出。
⑤ 日边：天边。

·译文·

　　奔涌的长江水从中间隔断了天门山，碧绿的江水向东流到这里就回旋向北流去。两岸的东梁山和西梁山隔江相望，一艘帆船从东方的天边驶过来。

·天门山·

天门山古时候又称"博望山",是安徽省当涂县的东梁山与和县的西梁山的合称。两山中间是长江,由于两座山对峙,像一座天设的门户,地势非常险要,所以有了"天门"这个形象的名字。

·徽菜·

徽菜发源于安徽省,不同于湘菜用辣刺激味蕾,徽菜更倾向于通过烹饪激发食材原本的味道。因此在食材方面,徽菜善于选用山珍野味,还有用火腿调味的传统。徽菜的不少菜肴都是用木炭小火炖煨(wēi)而成,原锅直接上桌,汤清味醇、食材肥厚甘美。徽菜名菜有金银蹄鸡、黄山炖鸽、火腿炖甲鱼、淡菜炖酥腰、徽州圆子,等等。其中徽州火腿享誉华夏,名菜"鱼咬羊"是将羊肉塞进鱼肚子里一起烹制,鲜美非常。

·山神与河神·

古人说,山无大小,皆有神灵,如果是一座大山,就会有一位特别强大的山神,小山则由小神管理。中国神话中,五岳神是最有地位的山神,其中又以东岳泰山为尊。

山有山神,河有河神。传说河伯冰夷住在水宫里,他把府第装修得漂漂亮亮的,"鱼鳞屋兮龙堂,紫贝阙(què)兮朱宫"(《楚辞·九歌》),他用闪耀的鱼鳞装饰屋子,用珍贵的紫贝镶门,还驾着龙拉的水车,到处旅行。

滁州西涧①

〔唐〕韦应物

独怜②幽草涧边生,

上有黄鹂深树③鸣。

春潮④带雨晚来急,

野渡⑤无人舟自横。

· 作者简介 ·

韦应物(737—791),字义博,京兆万年(今陕西西安)人。唐代诗人、藏书家。韦应物的诗风恬淡高远,其诗以写田园风物著名。后世将其与柳宗元并称为"韦柳"。有《韦苏州集》等传世。

·注释·

① 滁州西涧：今安徽滁州城西的上马河。
② 怜：喜爱。
③ 深树：层叠错落的茂密树林。
④ 春潮：春天的潮汐。
⑤ 野渡：野外无人管理的渡口。

·译文·

　　我唯独喜爱生长在幽静无人之地的青草，有黄鹂在树林深处婉转啼叫。傍晚，春水潮涌，雨水来势汹汹，郊外的渡口无人问津，只有小舟静静横卧在水面上。

·徽州毛豆腐·

徽派美食中，不得不说一种"臭豆腐"。这种"臭豆腐"和湖南、云南、浙江的臭豆腐都不一样，人们称其为"毛豆腐"。

毛豆腐因表面长有一层白色绒毛（菌丝）而得名，白色的毛一团团密实地覆盖在豆腐块上，好像一只只毛茸茸的小动物。这种毛来自点豆腐的过程中混合进去的特别的霉菌。豆腐放置在温暖湿润的环境下，致使菌丝生长，同时分解蛋白质产生大量鲜味物质，使豆腐变得非常鲜美。毛豆腐有很多种做法，碳烤、油煎都非常美味。

·毛豆腐传说·

古今中外，凡是有名气的事物好像都有一些传说。民间传说毛豆腐与朱元璋有关：一次兵败，朱元璋逃亡到徽州时饥饿难耐，就让随从四处寻找食物，一名随从在草堆中搜寻出逃难百姓藏在此处的几块豆腐，但已发酵长毛。因为实在没有别的可吃了，总不能就这样饿死吧，随从只能把发霉的豆腐烤给朱元璋吃。不料这霉豆腐却非常好吃，从此，毛豆腐就在徽州流传下来了。

传说毕竟只是传说，一方水土养育一方人，一方百姓的智慧和对生活的追求，才能成就一方美味。我们可以想象一下，当主妇们打开放置豆腐的盖笼，看到一排排食物生长出了白毛，那该有多么惊讶，又该有多么自豪。

西江月① · 夜行黄沙道②中

〔宋〕辛弃疾

明月别枝③惊鹊,清风半夜鸣蝉。稻花香里说丰年,听取④蛙声一片。

七八个星天外⑤,两三点雨山前。旧时茅店⑥社林⑦边,路转溪桥忽见⑧。

·作者简介·

辛弃疾(1140—1207),字幼安,号稼轩,历城(今山东济南)人,南宋词人,与苏轼合称"苏辛",与李清照并称"济南二安"。其词艺术风格多样,以豪放为主,有"词中之龙"之称。现存词600多首,有词集《稼轩长短句》等传世。

·注释·

① 西江月：词牌名。
② 黄沙道：黄沙岭，今江西上饶西面。
③ 别枝：斜枝。
④ 听取：听见。古代词汇多为单音词，经常一个字代表现代一个词的意思。但是诗人经常会在某个单音动词后面加上"取"字，是为了将单音词变成双音词，听起来更顺畅，如"听取""看取"等。
⑤ 七八个星天外：天外有七八颗星星。
⑥ 茅店：茅草盖的乡村小客店。
⑦ 社林：乡村祭祀土地神的庙叫"社"，周围的树林被称为社林。
⑧ 见：同"现"，显现，出现。

·译文·

月光太过明亮，惊起了睡在树枝上的乌鹊，夜已过半，吹来一缕凉爽清风，蝉随风唱起歌。稻花田里，青蛙的叫声连成一片，好像在诉说丰收的年景。

过了一会儿，乌云遮住了月亮，只留下远处天边七八颗星星还在微微闪烁，山前落下几滴雨。穿过溪上的小桥，拐个弯，一座熟悉的乡村小客店，忽然出现在土地庙前的树林边。

·春社、秋社·

追溯中国历史，从上古时期起，人们就表现出了对赖以生存的土地的崇拜。农耕对古人来说，意义重大。古人为了能获得好收成，会通过祭祀土地神的方式祈求丰收和庆祝丰收。祈求丰收的祭祀活动叫春社，庆祝丰收的祭祀活动叫秋社。民间在每年二月二日举行春社，俗称"土地公公的生日"。主要习俗是饮酒、分肉、妇女停针线等。

所谓"春祈秋报"，春耕时向土地神祈求丰收，秋收时自然要酬谢土地神了。秋社始于汉代，时间是在立秋后第五个戊（wù）日，官府与民间都很重视，祭祀流程都有严格要求。宋代秋社活动中有吃社糕、饮社酒、做社饭、妇女归宁等习俗。

·灯彩·

自唐代以来,江西上饶的灯彩就很有名气,素有"街市张灯、喧阗(tián)达曙"的盛况。灯彩的灯五彩缤纷、形态各异,有龙灯、桥灯、船灯、蚌壳灯、花鼓灯、莲灯、鲤鱼灯、稻草灯等。其中龙灯最为流行,是很多村庄必备的灯彩。关于龙灯还有个有趣的命名规则,如果一个村庄全村人都是同一姓氏,那这个村庄的龙灯就被称为"子孙灯",反之,如果是杂姓合居的村庄,龙灯就被称为"太平灯"。

花鼓灯、莲花灯、鲤鱼灯娱乐性很强,家家户户的孩子们都爱玩,小花灯一做好,点上蜡烛就跑出家门玩去了,你提着我的,我瞧瞧你的,赏花灯、猜灯谜,别提多有趣了。

望庐山瀑布二首（其二）

〔唐〕李白

日照香炉①生紫烟，

遥看②瀑布挂前川③。

飞流直下三千尺④，

疑⑤是银河⑥落九天⑦。

·作者概况·

　　李白与杜甫齐名，被世人合称为"李杜"。他的诗风雄奇豪放，想象丰富，语言流转自然，音律和谐多变。他善于从民歌、神话中吸取灵感和素材，构成自身特有的绚烂色彩，是屈原以来最具个性特色和浪漫主义精神的诗人。

·注释·

① 香炉：即香炉峰，在庐山西北，因形似香炉且山上经常笼罩着云烟而得名。

② 遥看：从远处看。

③ 前川：川，河流，这里指瀑布。

④ 三千尺：形容山高，这里是夸张的说法，不是实指。

⑤ 疑：怀疑。

⑥ 银河：古人指夜空中银河系呈现出的带状星群。

⑦ 九天：古代传说天有九重，九重天，即天空最高处。此处是在用夸张的修辞形容瀑布落差之大。

·译文·

香炉峰在阳光的照射下升腾起紫色烟霞，远远望见瀑布好像白色绢绸悬挂在山前。高崖上飞流直落的瀑布好像有几千尺，让人恍惚以为是银河从天上落到人间。

古诗词里的故事

·庐山瀑布·

庐山位于江西省九江市南部,山中群峰林立,云海弥漫,景区中的大小天池、飞瀑流泉等吸引了众多游客。

其中著名的庐山瀑布是指由三叠泉瀑布、开先瀑布、石门涧瀑布、黄龙潭瀑布和玉帘泉瀑布等组成的瀑布群。最著名的是三叠泉瀑布,被称为"庐山第一奇观"。

　　三叠泉瀑布自五老峰北面崖口流下,因下落过程中共飞落三级石阶而得名。

题西林壁①

〔宋〕苏轼

横看②成岭侧成峰,

远近高低各不同。

不识③庐山真面目④,

只缘⑤身在此山⑥中。

· **作者概况** ·

　　苏轼是北宋中期文坛领袖,在诗、词、散文、书、画方面均有很高的成就。其书法与蔡襄、黄庭坚、米芾(fú)并称"宋四家"。苏轼还擅长画文人画,尤其擅长画墨竹、怪石、枯木等。

·注释·

① 题西林壁：写在西林寺的墙壁上。西林，庐山寺名，建于东晋太和二年（367年）。

② 横看：从正面看。

③ 不识：不能认识、辨别。

④ 真面目：指庐山真实的景色。

⑤ 只缘：只因，只由于。

⑥ 此山：这座山，这里指庐山。

·译文·

　　从正面看是山岭，从侧面看是陡峭的高峰，远近高低看到的景象各不相同。之所以认不清庐山的真正面目，只因为身处于庐山之中。

·避暑胜地·

庐山也称"匡（kuāng）庐"，位于江西省九江市庐山市境内。相传殷、周时期有匡姓兄弟来这里结庐（建筑房屋）隐居。庐山紧依我国最大的淡水湖——鄱（pó）阳湖，以雄、奇、险、秀闻名于世，素有"匡庐奇秀甲天下"之誉。这里风景秀丽，四季如画，是江西省著名的风景旅游区。庐山气候温润凉爽，空气清新洁净，是避暑的好地方。

·竹林寺石碑·

在庐山仙人洞以北，沿着竹林前行，可见一座高约四米的竹林寺石碑，据说为明太祖朱元璋所立。关于这块碑的来历，历史上还有过一段故事。

相传，当年朱元璋和陈友谅在鄱阳湖大战时，有一个叫周颠的和尚，因为料事如神，被朱元璋封为军师，帮助朱元璋打了很多胜仗。

朱元璋当了皇帝以后，周颠却执意辞行，被问到住在哪里时，他说："吾乃庐山竹林寺贫僧也。"几年以后，天下已定，朱元璋又想起了和尚周颠，便派人去庐山中寻找，可使者怎么也寻不见他的踪影，却听见竹林中，传来周颠大笑的声音说："凡人看不见竹林寺，御史也请不动疯和尚，除非朱元璋亲自来请，否则决不下山。"

使者将结果回报朱元璋，他这才恍然大悟，于是日夜兼程，亲临庐山来请周颠，可惜绕着竹林转了几天，最终也没能见到周颠，只看到了竹林隐寺。

朱元璋推测周颠可能是故意不见自己，便在锦绣峰上建了一座御碑亭，亭中石碑上刻上他亲自撰写的《周颠仙人传》和《四仙诗》，来传扬周颠的事迹。

滕王阁

〔唐〕王勃

滕王高阁临江渚①,佩玉鸣鸾②罢歌舞。
画栋朝飞南浦③云,珠帘暮卷西山雨。
闲云潭影日悠悠④,物换星移⑤几度秋。
阁中帝子⑥今何在?槛⑦外长江空自流。

· 作者简介 ·

　　王勃(649或650—676),字子安,绛(jiàng)州龙门(今山西河津市)人。唐代文学家,与杨炯、卢照邻、骆宾王合称"初唐四杰"。

· 注释 ·

① 渚：江中小洲。
② 佩玉鸣鸾：身上佩戴的玉饰、响铃。
③ 南浦：地名，在南昌市西南。浦，水边或河流入海的地方（多用于地名）。
④ 日悠悠：每日无拘无束地游荡。
⑤ 物换星移：形容时代的变迁、万物的更替。物，四季的景物。
⑥ 帝子：指滕王李元婴。
⑦ 槛：栏杆。

· 译文 ·

　　巍峨高耸的滕王阁靠近江边，佩玉无声、鸾铃寂静，华丽的歌舞早已停止。早晨，彩绘的栋梁上飞来南浦的云霞；傍晚，珠帘卷入西山飘过来的细雨。悠闲的白云影子倒映在江面上，整天悠悠然地飘浮着，时光易逝，人事变迁，不知已经度过多少个春秋。昔日游赏于高阁中的滕王如今无处可觅，只有那栏杆外的滔滔江水空自流淌不息。

·滕王阁·

滕王阁位于现在的江西省南昌市,与湖南的岳阳楼、湖北的黄鹤楼并称为"江南三大名楼"。滕王阁始建于唐永徽四年(653年),因滕王李元婴始建而得名,并因诗人王勃在此写下的名篇《滕王阁序》《滕王阁》(诗)而被后人熟知。

历史上,滕王阁经历过多次损毁重建,现在的滕王阁落成于1989年,是仿宋代木结构样式。主阁内展示有多幅以人物、典故为主题的壁画以及名人手书的金匾。小朋友们如果有机会游览滕王阁,一定不要错过。

·《滕王阁序》·

《滕王阁序》全名《秋日登洪府滕王阁饯别序》，是古今传诵的骈（pián）文（一种讲究对仗，即要求字句两两相对的古代文体）名篇。据说是唐上元二年（675年）王勃探亲途经滕王阁时，在洪州都督举办的宴会上即兴所作。文中铺叙滕王阁一带形势景色和宴会盛况，并抒发了作者"无路请缨"的感慨。通篇对仗工整，用典自然恰当，名句"落霞与孤鹜齐飞，秋水共长天一色"就是出自其中。

望岳

〔唐〕杜甫

岱宗①夫如何?齐鲁青未了②。
造化③钟④神秀⑤,阴阳割昏晓。
荡胸⑥生层云,决眦⑦入归鸟。
会当凌绝顶,一览众山小。

·作者简介·

杜甫(712—770),字子美,号少陵,自称少陵野老,祖籍襄阳(今湖北省襄阳市),唐代著名诗人。杜甫曾任检校工部员外郎之职,所以世人也称他为"杜工部"。杜甫善于运用各种诗歌形式,尤长于律诗,作品风格多样而以沉郁为主;语言精练,具有高度的表现力。诗作《春望》《兵车行》《羌村》《三吏》《三别》《茅草为秋风所破歌》等,皆为世人所传诵。

·注释·

① 岱宗：泰山别名"岱山"，因它是五岳之首，诸山之宗，所以又名"岱宗"。
② 青未了：指青翠之色一望无际。
③ 造化：指天地或大自然。
④ 钟：指聚集或集中。
⑤ 神秀：指山色的神奇秀丽。
⑥ 荡胸：激荡心胸。
⑦ 决眦：形容极目远望之态。决，裂开。眦，眼角。

·译文·

　　五岳之首泰山的景色究竟是怎样的呢？齐鲁两地的青翠山色漫无边际。大自然把神奇无比的景致汇聚于此，北阴南阳分出黄昏与拂晓。层层升腾的云气使人心胸开阔，睁大双眼，视线跟随着归巢的飞鸟。一定要爬上那雄伟的峰顶，才能领略泰山之高、四面群山的渺小。

·泰山鸿毛·

　　鸿毛是大雁的毛,鸿毛、泰山主要指轻重差别很大。出自汉代司马迁《报任安书》:"人固有一死,或重于泰山,或轻于鸿毛,用之所趋异也。"表达了不同人生追求下,有些人死得有意义,比泰山还重,有些人则死得无价值,比鸿毛还轻。

·五岳之首·

泰山位于山东省中部。泰山又称"岱山""岱宗""东岳"等,有"天下第一山"和"五岳之首"之称。

·封禅·

封禅是一种祭祀天地的典礼,古人认为,五岳中泰山最高,帝王应该到泰山封禅。来此封禅(登泰山筑坛祭天为"封",在山南梁父山上辟基祭地为"禅"),表示改制应天,以告太平,秦始皇、汉武帝都曾举行过这种大典。据说,秦始皇登泰山中途遇雨,在一棵大树下避雨(小朋友们可不要模仿秦始皇,因为在树下避雨的做法是不科学的,有安全隐患,可惜古代人们缺乏科学知识,连皇帝都不知道这一点呢),这棵大树因护驾有功,还被封为"五大夫松"。

·泰山北斗·

古人以泰山为五岳之首,北斗在众星中最明亮并能指示方向,所以用"泰山北斗"比喻名望或成就很高、为众人所敬仰的人。

归嵩山①作

〔唐〕王维

清川带长薄②,车马去闲闲③。

流水如有意,暮禽④相与还。

荒城临古渡,落日满秋山。

迢递⑤嵩高下,归来且⑥闭关⑦。

· **作者简介** ·

王维(701—761),字摩诘(jié),蒲州(今山西永济)人。唐代著名诗人、画家。早期写过以边塞为题材的诗篇,以山水诗最为后世所称道。王维兼通音乐,精于绘画,北宋苏轼称他诗中有画,画中有诗。

·注释·

① 嵩山：五岳之一，称中岳，地处河南省西部，登封市西北部。

② 薄：草木丛生之地。

③ 闲闲：从容自得的样子。

④ 暮禽：傍晚的鸟儿。

⑤ 迢递：遥远的样子。

⑥ 且：将要。

⑦ 关：本意指门闩（shuān），这里代指门。

·译文·

　　清清的流水围绕着草木丛生之地，驾着车马悠闲自得地行走在路上。流水好像对我充满了情谊，傍晚的鸟儿随我一同回还。荒凉的城池靠着古老渡口，落日的余晖洒满金色秋山。在遥远又高峻的嵩山脚下，闭上门谢绝来客过隐居的生活。

·中岳由来·

古人将全国划分为九个区域,称为"九州"。河南省属于豫州,因为地理位置居中,所以又被称为"中州"。登封地处中州腹地嵩山南麓(lù),东接五代都城汴(biàn)梁,西连九朝古都洛阳,是中华民族最早发祥地之一。四千多年前,大禹在这里建立奴隶制国家,号称"天地之中"。起初这里叫"嵩阳县",唐代武则天时将嵩阳县改名为"登封县",以示她登嵩山、封中岳之意。

古诗词里的故事

·嵩山的"中国六最"·

禅宗祖庭——少林寺

现存规模最大的塔林——少林寺塔林

现存最古老的塔——北魏嵩岳寺塔

现存最古老的石阙（古代礼制建筑）——汉三阙

树龄最高的柏树——汉封"将军柏"

现存最古老的观星台——元代告成观星台

登鹳雀楼①

〔唐〕王之涣

白日依②山尽③,

黄河入海流。

欲穷④千里目⑤,

更⑥上一层楼。

· 作者简介 ·

王之涣(688—742),字季凌,晋阳(今山西太原西南)人,后迁至绛县(今山西新绛县)。盛唐时期著名诗人,代表作有《登鹳雀楼》《凉州词》等。

· 注释 ·

① 鹳雀楼：古代名楼，旧址在今山西永济，因为很多鹳雀栖息在楼上而得名，后来毁于战火。

② 依：顺着。

③ 尽：没了。

④ 欲穷：想要穷尽。

⑤ 千里目：眺望远方。

⑥ 更：再。

· 译文 ·

　　太阳顺着山峦渐渐下落，黄河奔向大海。要想看见更远更辽阔的风景，就要再上一层高楼。

·黄河·

黄河长而壮阔，流经很多地方，其流经区域是中华文明主要发源地，所以黄河一直被誉为中国的母亲河。在自然地图上看，你会发现，黄河像个"几"字。黄河是中国第二长河，因为很长，所以你去青海、四川、甘肃、宁夏、内蒙古、陕西、山西、河南等地，都能看见黄河。黄河也很宽，或许，你乘飞机在天空中看，也能清晰看到它的轮廓。黄河一路流经山地、高原、平原、丘陵，见识过沿途风景后，最终流入渤海。

古诗词里的故事

·鹳雀楼·

　　鹳雀楼,又名"鹳鹊楼",传闻因经常有鹳雀栖息在楼上得名。旧址在山西蒲州(今永济市,唐时为河中府)西南。鹳雀楼是古代文人旅客登临胜地,独立中原,可瞰(kàn)黄河奔流,可观山峦柳林。北宋沈括在《梦溪笔谈》中记述:"河中府鹳雀楼三层,前瞻(zhān)中条,下瞰大河。唐人留诗者甚多。"这些诗篇中,王之涣的《登鹳雀楼》最有名。

浪淘沙① (其一)

〔唐〕刘禹锡

九曲②黄河万里沙,

浪淘风簸③自天涯④。

如今直上银河⑤去,

同到牵牛织女⑥家。

· 作者简介 ·

刘禹锡(772—842),字梦得,晚年自号庐山人,洛阳(今河南洛阳)人。唐朝时期大臣、文学家、哲学家,有"诗豪"之称。

· 注释 ·

① 浪淘沙：唐代教坊的曲名。白居易和刘禹锡原创，形式是七言绝句，后来"浪淘沙"又被用来做词牌名。

② 九曲：形容河流弯道很多，曲曲折折。

③ 簸：掀翻。

④ 天涯：天边的地平线。

⑤ 银河：晴朗夜晚横跨天空呈乳白色的光带，又称"天河""银汉""星河"。

⑥ 牵牛织女：指牵牛星和织女星，也指与它们相关的神话传说中的人物。

· 译文 ·

蜿蜒曲折的黄河裹杂着泥沙，河水波浪翻滚，伴随着风沙从天而降。现在我们仿佛可以沿着黄河径直到达天上的银河，一起寻访牛郎织女的家。

·牛郎星与织女星·

牛郎星与织女星是两颗巨大的恒星。牛郎星叫"河鼓二",是天鹰座α(希腊字母,读阿尔法,下同)星,直径有太阳的1.6倍。而织女星的直径是太阳的3倍,是天琴座中的一颗亮星,叫作"天琴座α",是北天三大亮星之一。我国自古就有织女星崇拜,后来,人们在夜空下浮想联翩,不但给织女星加上了人设,还给她找了男朋友(牛郎星),后来还有了孩子(牛郎星两旁的两颗暗星河鼓一、河鼓三)。

牛郎星与织女星之间隔着银河,它们真正的距离有大约16.4光年,就是一束光射出去16.4年才能达到的距离,那可是非常非常远,别说喜鹊了,什么鸟都架不起这么长的桥呢。

·牛郎织女的故事·

织女是天上最棒的织锦仙女,有一天,她向王母娘娘请假下凡到人间游玩。人间风景很美,让她流连忘返,人间河水很清,她就在水中嬉戏洗澡。织女在河中洗澡的时候,牛郎刚好放牛从河边路过,捡走了她的衣裳。这样意外的相遇,让他们相爱了。

织女嫁给了凡间的牛郎,他们男耕女织,日子虽然清苦,但过得很幸福。没过几年,他们有了一儿一女,这种美满幸福的生活令天上的神仙都羡慕。

织女因为请假不归,惹怒了王母娘娘,被抓回了天庭。牛郎挑着扁担,左右各用一个箩筐载着一双儿女,去追妻子。眼看就要追上了,王母娘娘拔出头发上的玉簪(zān),用法力一划,一条大河便横亘(gèn)在牛郎的面前,就这样,他没有能追上妻子。

牛郎织女日夜相思。后来,王母娘娘被感动了,让织女化为织女星,牛郎肩担一双儿女化为天上的牛郎星和左右两个小星,大河化为银河,牛郎和织女隔河相望,并允许喜鹊每年七月初七在银河上搭起鹊桥,使牛郎和织女能在这一天见面。

春夜洛城①闻笛

〔唐〕李白

谁家玉笛暗飞声,
散入春风满洛城。
此夜曲中闻折柳②,
何人不起故园③情。

· 创作背景 ·

  这首诗是唐玄宗开元二十二年(734年)或二十三年(735年)李白游洛城(今河南省洛阳市)时所作。唐代的洛城是一个很繁华的都市,时称东都。当时李白客居洛城,在客栈里偶然听到笛声而触景生情,因作此诗。

· 注释 ·

① 洛城：今河南洛阳。

② 折柳：原指《折杨柳》，是唐朝的流行歌曲。这里不仅指曲名，而且暗含着一种习俗，即折柳赠别。

③ 故园：指故乡，家乡。

· 译文 ·

　　是谁家精美的笛子暗暗地发出悠扬的笛声，随着春风飘扬，传遍洛阳城。这个夜晚听到《折杨柳》的曲调，谁又能不生出思乡之情呢？

·洛阳纸贵·

《晋书·文苑传》中记载，左思所作《三都赋》深受称赞，人们竞相传抄，为此洛阳的纸都涨价了。后来人们使用"洛阳纸贵"借指好的作品广为流传，风行一时。

·九朝古都·

洛阳是我国历史文化名城，七大古都之一。因为古时地处洛水（今河南洛河）的北面，水北为阳，便命名为"洛阳"。东周、东汉、三国魏、西晋、北魏（孝文帝）、隋（隋炀帝）、唐（武后）、五代梁、后唐均建都于此，号称"九朝古都"。

·牡丹之都·

"唯有牡丹真国色，花开时节动京城。"牡丹色泽艳丽，国色天香，有富贵吉祥、繁荣昌盛之意，唐代时牡丹被誉为"国花"。

洛阳是著名的"牡丹之都"，这里的牡丹自古"甲天下"。

渡汉江

〔唐〕宋之问

岭外音书①断，
经冬复②历③春。
近乡情更怯，
不敢问来人④。

· **作者简介** ·

宋之问（约656—713），字延清。汾（fén）州（今山西汾阳市）人。初唐诗人。他的诗情感深沉，辞藻华美，是唐诗发展史上的重要诗人。

· 注释 ·

① 音书：音信。
② 复：又。
③ 历：经历。
④ 来人：从家乡来的人。

· 译文 ·

　　流放岭南与亲人断绝了音信，熬过冬天又经历了一个新春。越走近故乡心里就越是胆怯，不敢向家乡那边过来的人打听消息。

·汉江·

汉江又称"汉水",是长江最长的支流,全长 1577 千米。汉江多险滩,两岸景色优美,有说著名的沧浪水就是汉江的一段。它流经 13 个县市,在汉口汇入长江。

·"家书抵万金"·

我国最早成系统的文字是刻在龟甲或牛肩胛(jiǎ)骨上的,被称为"甲骨文";同时又有大量刻在青铜器上的文字,叫"金文";还有在石鼓上面刻字的,被后人称为"石鼓文";后来古人又将珍贵的绢帛(bó)作为书写材料。但是这些材料或是笨重,或是昂贵,或是稀少,都是大多数人所不能使用的,这就在很大程度上限制了人们获取知识,也限制了科学文化的传播。

古诗词里的故事

西汉时,我国有了麻质纤维纸,但是这种纸比较粗糙。到了东汉,出现了一个很有才华的人,名叫蔡伦,他组织人员改进了造纸技术,用废弃无用的材料制成了平价耐用、质量上乘的纸张。

蔡伦之后的发明家们,不断改进造纸的工艺,使其更加完善和成熟。我们不难想象,如果没有便宜轻便的纸张,身处异乡的游子如果想要寄一封家书回去,那将多么困难。

黄鹤楼

〔唐〕崔颢

昔人已乘①黄鹤去,此地空余黄鹤楼。
黄鹤一去不复返,白云千载空悠悠②。
晴川历历③汉阳④树,芳草萋萋⑤鹦鹉洲⑥。
日暮乡关⑦何处是?烟波江上使人愁。

· **作者简介** ·

崔颢(hào)(?—754),汴州(今河南省开封市)人。盛唐著名诗人,有《崔颢诗集》传世。这首《黄鹤楼》诗意境高远,相传李白也为之倾服。

· 注释 ·

① 乘：驾。

② 悠悠：飘荡的样子。

③ 历历：这里是看得清清楚楚的意思。

④ 汉阳：武汉三镇之一。

⑤ 萋萋：形容草木长得茂盛。

⑥ 鹦鹉洲：地名，位于今湖北省武汉市武昌区西南。相传因东汉末年祢（mí）衡的一首《鹦鹉赋》而得名。

⑦ 乡关：指故乡。

· 译文 ·

　　传说中的仙人已经驾着黄鹤飞去，这里只留下一座空荡荡的黄鹤楼。黄鹤一去再也没有回来，千百年来只看见悠悠的白云。晴天隔着汉水历历可见对岸汉阳的树木，鹦鹉洲长满了繁盛茂密的芳草。日暮时分思念家乡，可家乡在哪里？面对水雾茫茫的江面令人无限忧愁。

·黄鹤楼·

黄鹤楼是武汉的地标性建筑,位于武昌区蛇山顶上,长江之滨。相传黄鹤楼始建于三国吴黄武二年(223年),原本是一座军事建筑,用来瞭望敌情。后来三国归于一统,黄鹤楼失去了军事价值,才逐渐转变成了观景楼。黄鹤楼曾多次遭到毁坏,又多次重建,见证了千百年来的历史变迁。

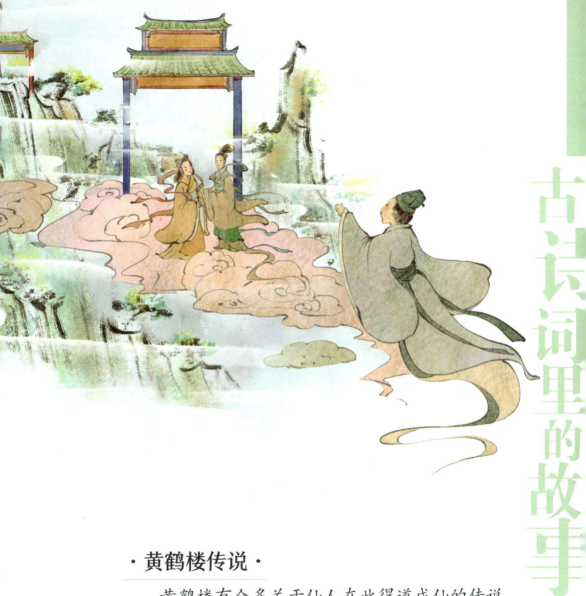

古诗词里的故事

·黄鹤楼传说·

　　黄鹤楼有众多关于仙人在此得道成仙的传说,这些传说中,仙人们都是乘着黄鹤飞升而去,给这座默不作声的建筑增添了许许多多神秘色彩。

汉江①临泛

〔唐〕王维

楚塞②三湘③接,荆门九派④通。
江流天地外,山色有无中。
郡邑⑤浮前浦,波澜动远空。
襄阳好风日,留醉与山翁⑥。

·作者概况·

王维笃信佛教,精通诗、书、画等,以诗名盛于开元、天宝间,尤长五言,多咏山水田园,与孟浩然合称"王孟"。《汉江临泛》是唐玄宗开元二十八年(740年),王维在途经襄阳城欣赏江景时所作。

·注释·

① 汉江:即汉水,为长江的支流。

② 楚塞:楚国边境地带,这里指汉水流域。

③ 三湘:一说湖南的湘潭、湘阴、湘乡,合称"三湘"。近代一般用作湘东、湘西、湘南三地区的总称,泛指湖南全省。

④ 荆门:荆门山,在今湖北宜都市西北的长江南岸,战国时为楚之西塞。九派:这里指江西九江。

⑤ 郡邑:指汉水两岸的城镇。

⑥ 山翁:指山简,晋代竹林七贤之一山涛的幼子,西晋将领,镇守襄阳。这里借指襄阳官员。

·译文·

汉江流经楚塞又折入三湘,西起荆门,往东与九江相通。远望江水好像流到天地外,近看山色缥缈(piāo miǎo)若有若无。岸边的城镇仿佛在水面浮动,波涛滚滚仿佛激荡着远空。襄阳的风光的确令人陶醉,我愿在此地酣饮陪伴山翁。

·荆门·

《汉江临泛》诗中的"荆门"是指山名,在今湖北省宜都市的西北方向。而荆门又是湖北省的历史文化名城,是中国旅游风景胜地。世界文化遗产——明显陵就在荆门市。此外,楚汉古墓群、屈家岭文化遗址等文化古迹,"阳春白雪""下里巴人"等历史典故,都是发源于这里的。

·湘菜·

"楚塞三湘"泛指湖南全省,湖南省有旅行时必尝八大菜系之一的"湘菜"。"湘"是湖南的简称,湘菜历史悠久,早在汉朝就已经形成菜系。湘菜形成于湖南一带,以湘江流域、洞庭湖区和湘西山区三种地方风味为主。辣味和腊味是湘菜最具特色的风味,无论是煨还是炖,是蒸还是炒,都有着嗅觉和味觉的极佳体验。湘菜还很香,余香满口,而且回味无穷,在湘菜中,你可以尝到韭香、茴香、葱香。还能尝到荷叶香、竹香、香椿(chūn)香、茶香。湘菜制法多样,湖南夏天炎热,夏季的湘菜口味清淡、鲜美;冬天湿冷,菜品口味热辣、浓醇。剁椒鱼头、腊味合蒸、组庵豆腐、辣椒炒肉、湘西外婆菜、翠竹粉蒸鮰(huí)鱼等都是著名的湘菜。

登岳阳楼

〔唐〕杜甫

昔闻①洞庭水,今上岳阳楼。
吴楚②东南坼③,乾坤④日夜浮。
亲朋无一字⑤,老病⑥有孤舟⑦。
戎马⑧关山北,凭轩⑨涕泗⑩流。

·作者概况·

杜甫中年时的诗风沉郁顿挫,多写时政时事,因此他的诗被称为"诗史"。这首诗是杜甫五十七岁时所作,一方面对神往已久的岳阳楼表达了由衷的赞美,另一方面则写出了对自己晚年漂泊不定、国家多灾多难的万千感慨。

·注释·

① 昔闻：过去就听说。
② 吴楚：周代两诸侯国名，这里借指原两国所在地长江中下游一带。
③ 坼：分裂，这里引申为划分。
④ 乾坤：天地。"乾"是天，"坤"是地，指天地之间，"乾"也指太阳，"坤"也指月亮。
⑤ 无一字：杳（yǎo）无音信。字，这里指书信。
⑥ 老病：年老多病。
⑦ 有孤舟：只有一条孤零零的小船。
⑧ 戎马：兵马。借指战争、战乱。
⑨ 凭轩：靠着岳阳楼的窗户。
⑩ 涕泗：眼泪和鼻涕。

·译文·

过去就听说洞庭湖波澜壮阔，今日终于如愿登上岳阳楼。浩瀚的湖水把东吴南楚两国分割，似乎日月星辰都漂浮在水中。亲朋好友们音信全无，我年老多病身边只剩下孤零零的小船。北方边关战事又起，我倚着栏杆远望泪流满面。

·岳阳天下楼·

岳阳楼位于湖南省岳阳市，是江南三大名楼之一。北宋时期，滕子京重修岳阳楼，并邀好友范仲淹作《岳阳楼记》，使得岳阳楼著称于世。自古有"洞庭天下水，岳阳天下楼"之誉。

·《岳阳楼记》·

《岳阳楼记》为散文名篇,是北宋范仲淹所作。其中"衔远山,吞长江,浩浩汤汤,横无际涯;朝晖夕阴,气象万千"是人们站在岳阳楼上感受到的雄壮景象。"阴风怒号,浊浪排空;日星隐曜,山岳潜形;商旅不行,樯(qiáng)倾楫(jí)摧;薄暮冥冥,虎啸猿啼"是阴雨连绵的天气里,人们去国离乡的境遇与岳阳楼景致碰撞出的悲愤之情。"上下天光,一碧万顷;沙鸥翔集,锦鳞游泳;岸芷(zhǐ)汀(tīng)兰,郁郁青青。而或长烟一空,皓月千里,浮光跃金,静影沉璧"是晴朗天气里,人们在江畔楼上绽放出的喜悦之情。而"居庙堂之高则忧其民;处江湖之远则忧其君。""先天下之忧而忧,后天下之乐而乐。"两句,则抒发了作者胸怀天下、忧国忧民的远大抱负。《岳阳楼记》为历代传颂,至今岳阳楼内还藏有12块檀(tán)木板刻的《岳阳楼记》全文,为清代重刻。

望洞庭

〔唐〕刘禹锡

湖光秋月两相和①,
潭面②无风镜未磨③。
遥望洞庭山④水翠,
白银盘里一青螺⑤。

· 创作背景 ·

《望洞庭》是唐穆宗长庆四年(824年)秋,刘禹锡赴和州刺史任、途经洞庭湖时所作。全诗选择了月夜遥望的视角,把千里洞庭尽收眼底,又通过巧妙的比喻,把洞庭美景再现于纸上。

·注释·

① 两相和：和，融合。这里指水色和月光融为一体。

② 潭面：指湖面。

③ 镜未磨：形容月夜无风，洞庭湖只有微细波纹，如未磨之铜镜。

④ 山：指洞庭湖中的君山。

⑤ 青螺：这里比喻洞庭湖中的君山在月光下看上去像一颗小巧玲珑的青螺放在银盘里一样，十分可爱。

·译文·

　　浩渺的湖光和秋月的银辉相融合，无风的湖面好似未磨的铜镜。远望洞庭的湖光山色，真像白银盘里盛着一只玲珑的青螺。

·洞庭风光·

洞庭湖,在湖南省北部,长江南岸,湖中有君山。《水经·湘水注》中记载:"湖水广圆五百余里,日月若出没其中。"写出了洞庭湖的广阔与气势以及宁静、祥和的风光。

洞庭湖是我国第二大淡水湖，风光秀丽。古书里记载，洞庭湖最早叫"云梦泽"，这真是一个充满诗意的好名字。后来，随着泥沙淤积，广大的云梦泽被分割成了很多湖泊，长江以南的这片较大的湖泊就被称为"洞庭湖"。

君山岛是洞庭湖中著名的岛屿，与千古名楼岳阳楼遥遥相对。

送桂州①严大夫②同用南字

〔唐〕韩愈

苍苍森八桂③,兹地在湘南④。
江作青罗带,山如碧玉簪⑤。
户多输翠羽⑥,家自种黄甘。
远胜登仙去,飞鸾⑦不假骖⑧。

· 作者简介 ·

韩愈(768—824),字退之,河内河阳(今河南省孟州市)人,唐代文学家、哲学家,唐宋八大家之一。

韩愈是唐代古文运动的倡导者,被后人尊为"唐宋八大家"之首,有"文章巨公"和"百代文宗"之名,有《韩昌黎集》传世。

·注释·

①桂州：指今天的广西桂林。

②严大夫：诗人的朋友严谟（mó）。

③八桂：传说中，月宫中的八株桂树。桂州因产桂而得名，所以"八桂"就成了它的别称。

④湘南：今湖南以南，指桂州。

⑤篸：同"簪"，是一种长长的像针一样的头饰，用来固定发髻（jì），或者将发冠固定在头上。后来专指女子插在发髻上的首饰。

⑥翠羽：指翠鸟的羽毛。唐代以来，翠鸟羽毛是极珍贵的饰品。

⑦飞鸾：仙人所乘的神鸟。

⑧不假骖：不需要坐骑。

·译文·

郁郁葱葱的八桂之地就在湘水以南。那里的江像一条青色的丝带，山犹如一枚碧玉头簪。每户都有能进贡的翠鸟羽毛，家家都有自己种植的黄甘。在这里简直比当仙人还惬（qiè）意，都不需要骑乘神鸟去飞升成仙。

·战神李靖·

汉朝时,桂林称为"始安县"。到了唐朝,一位千古名将和桂林有着密不可分的关系,他就是一代战神——李靖。唐武德四年,李靖收复桂林,并留在这里任检校桂州总管。李靖在桂林修建了城池,称为"小长安"。他为桂林百姓做了很多事情,深受人们的爱戴。后来,桂林百姓为纪念李靖,修建了李卫公庙。

·象鼻山·

象鼻山原名漓(lí)山，位于广西壮族自治区桂林市内桃花江与漓江汇流处，因为酷似一只站在江边伸鼻豪饮漓江水的巨象而得名，被人们视为桂林山水的象征。象鼻山以神奇著称，它的神奇之处首先在于形态很像大象，其次是在明月之夜，鼻弯处形成临水明月的盛景，被称为"象山水月"，令人叹为观止。

登柳州城楼寄漳汀封连①四州

〔唐〕柳宗元

城上高楼接②大荒③，海天愁思正茫茫。
惊风乱飐④芙蓉水，密雨斜侵薜荔⑤墙。
岭树重遮千里目，江⑥流曲似九回肠。
共来百越⑦文身⑧地，犹自音书⑨滞⑩一乡。

·作者简介·

柳宗元（773—819），字子厚。河东解县（今山西运城西南）人，世称柳河东。唐代著名文学家、哲学家，也是唐代古文运动的倡导者，唐宋八大家之一。

·注释·

①漳汀封连：漳，今福建漳州；汀，今福建长汀；封，今广东封开县一带；连，今广东连州市。

②接：连接。

③大荒：泛指荒僻的边远地区。

④飐：吹动。

⑤薜荔：一种攀缘藤类，也称"木莲"，常攀附生长在墙上、老树上。"薜荔"与前面的"芙蓉"二词都出自屈原的《离骚》，这里用来比喻君子。

⑥江：指柳江。

⑦百越：泛指南方的少数民族地区。

⑧文身：在身上刺花纹。古时南方少数民族的一种习俗。

⑨音书：音信。

⑩滞：阻塞。

·译文·

　　柳州城上的高楼，连接着空旷的荒野，如茫茫海天般的愁思涌了出来。狂风阵阵，吹乱了水上的芙蓉，暴雨倾盆，斜打着爬满薜荔的土墙。岭上树木重重，遮住了远望的视线，柳江弯弯曲曲，好似九转的愁肠。我们五人同时遭贬，一起来到百越这个少数民族地区，至今仍然因为音信不通，各自滞留一方。

·柳州·

柳州在广西壮族自治区中北部,以柳江得名。白莲洞、柳侯祠、马鹿山等,都是柳州著名的旅游景点。

·柳宗元治柳州·

柳宗元曾被贬为柳州刺史,所以世人也称他为"柳柳州"。

韩愈在《柳宗元治柳州》中写道:柳宗元到任之初,叹曰:"是岂不足为政邪?"这句话的意思是:这里难道就不值得实施政教吗?于是"因其土俗,为设教禁,州人顺赖。"记载了柳宗元制定政令,赢得柳州民众的顺从和信赖的事迹。

柳宗元还想办法改变了这个地方借钱时用子女作抵押的陋习。因为如不能按约期还钱，这些欠债人的子女就要沦为债主的奴婢。除此之外，柳宗元还为当地学子亲自指导，使他们在文章写作方面得到很大提高。

由此可见，柳宗元在任期间对柳州的发展做出了很大贡献。现在柳州市柳祠公园内还有柳侯祠，是柳州人民为纪念柳宗元而建的。

峨眉山①月歌

〔唐〕李白

峨眉山月半轮秋②,
影③入平羌④江水流。
夜发清溪⑤向三峡,
思君不见下渝州⑥。

· 创作背景 ·

　　这首诗出自《李太白全集》,是李白年轻时初离蜀地时的作品。当时李白"仗剑去国,辞亲远游",在离开蜀中赴长江中下游的行舟途中写下此诗。诗中的峨眉山代表了蜀地,峨眉山月即为"故园之月",表达了诗人的思乡情怀。

·注释·

①峨眉山：在今四川省峨眉山市，为蜀中名胜之一。
②半轮秋：半圆的秋月，即上弦月或下弦月。
③影：这里指月影。
④平羌：即青衣江，经峨眉山下，流入岷（mín）江。
⑤清溪：指清溪镇，属四川省犍（qián）为县，四川省著名古镇之一。
⑥渝州：今重庆市一带。

·译文·

秋高气爽的夜晚，半轮明月悬挂在高峻的峨眉山尖，月影倒映在平羌江面，清澈的江水流向远方。夜间乘船出发，离开清溪直奔三峡。思念故友却再难相见，恋恋不舍地乘船驶向渝州。

·峨眉山·

峨眉山位于四川省峨眉山市境内。佛教称为"光明山",与五台山、普陀(tuó)山、九华山合称为"中国佛教四大名山"。峨眉山山势陡峭,景色秀丽,素有"峨眉天下秀"之称。

·仙琴蛙·

峨眉山中生活着一种珍奇蛙类,每到夏秋季节,这种蛙成群结队,叫声此起彼伏。因为它们的叫声很像琴声,山里人就把这些"抚琴乐队"的"队员"叫作"仙琴蛙"。

相传李白曾在峨眉山的佛寺居住,与那里的广浚禅师成为好友。广浚禅师极通音律,擅抚琴,诗人李白更是能听懂广浚禅师琴音中的高雅飘逸,两人成为知音。这天,两人一个弹琴,一个赏琴,正怡然自得时,一位身着绿衣的女子悄然出现,深深致礼,希望能向广浚禅师学习这高超的琴艺。广浚禅师豪爽地答应了。此后,绿衣女子每天都准时来学琴,琴艺也进步飞快。

李白到了临行的日子，感怀于心，写下《听蜀僧浚弹琴》一诗："蜀僧抱绿绮，西下峨眉峰。为我一挥手，如听万壑松。客心洗流水，余响入霜钟。不觉碧山暮，秋云暗几重。"

不久之后，广浚禅师过世了，峨眉山寺弹琴的人和听琴的人都不在了。一天，和尚们突然听到琴声悠悠，一如当年，可是却不见弹琴的人。正纳闷间，有人拨开草木，发现众多绿色的蛙正在鸣叫，那叫声便如琴声。众和尚恍然大悟，当年来学琴的绿衣女子，原来是蛙变的。众人便将这种蛙呼作"仙琴蛙"，把群蛙聚集鸣叫的池塘称为"仙琴池"。后来，人们又在这里修建了回廊，悬挂牌匾："唐李白听琴处""广浚弹琴处"，以纪念这个美丽的故事。

行经华阴①

〔唐〕崔颢

岧峣②太华③俯咸京④,天外三峰⑤削不成。

武帝祠⑥前云欲散,仙人掌⑦上雨初晴。

河山北枕秦关⑧险,驿路⑨西连汉畤⑩平。

借问路旁名利客⑪,何如此处学长生⑫?

· 创作背景 ·

　　崔颢在天宝年间两次入都,其途中行经华阴时创作了这首诗。事实上,作者与诗中的"名利客"一样,也未尝不是去求名逐利,但在见到西岳华山崇高、出尘的形象之后,又不免感叹自己何苦奔波于坎坷仕途。

·注释·

① 华阴：今陕西省华阴市，著名的华山所在地。
② 岧峣：山势高峻的样子。
③ 太华：即华山。
④ 咸京：即咸阳，今陕西西安。
⑤ 三峰：指华山的芙蓉、玉女、明星三峰。一说为莲花、玉女、松桧三峰。
⑥ 武帝祠：即巨灵祠。汉武帝登华山顶后所建。
⑦ 仙人掌：峰名，又称仙掌，为华山东峰。
⑧ 秦关：指秦代的潼关。
⑨ 驿路：指交通要道。
⑩ 畤：古代祭祀天地及五帝的固定处所。
⑪ 名利客：指追名逐利的人。
⑫ 学长生：指隐居山林，访仙学道，寻求长生不老。

·译文·

在高峻的华山上俯视京都长安，高耸入云的三峰就是大自然的鬼斧神工。武帝祠前的乌云将要消散，雨过天晴仙人掌峰一片青葱。秦关北靠河山地势多么险要，驿路往西连着汉畤。借问路旁那些追名逐利的人，为何不在此访仙学道求长生？

·道教文化·

华山为道教名山,是道教"三十六洞天"中的"第四洞天"。山中道教宫观很多,历史也很悠久,包括云台观、玉泉院、镇岳宫、玉女祠、全真观、圣母殿、真武殿等。

·华山如立·

华山位于陕西省华阴市境内,为"五岳"之一,古称"西岳"。古人论五岳形势,有泰山如坐、华山如立、嵩山如卧、恒山如行、衡山如飞之语,这样比喻华山,真的是很贴切了。华山在五岳之中海拔高度为第一,五峰峭(qiào)立,高耸入云,陡如刀削。华山诸峰似巨灵神的"仙掌之形,莹然在目",有一峰即名"仙人掌"。汉武帝观"仙人掌"时,立巨灵祠以供祭祀,就是后来的"武帝祠"。

过①华清宫②绝句三首（其一）

〔唐〕杜牧

长安③回望④绣成堆，
山顶⑤千门⑥次第⑦开。
一骑⑧红尘⑨妃子⑩笑，
无人知是荔枝来。

·作者概况·

据说，杜牧任中书舍人时，把平生所作的大部分文章都烧了。幸亏他的外甥裴延翰平时收藏了很多他的诗文，才编成了明刊本《樊川文集》。

· 注释 ·

① 过：经过。

② 华清宫：唐朝皇帝的行宫，位于今陕西临潼骊(lí)山上。

③ 长安：汉朝和唐朝的都城，在今陕西省西安市。

④ 回望：回头远望。

⑤ 山顶：指骊山顶。

⑥ 千门：形容山顶宫殿壮丽，门户众多。

⑦ 次第：依次，一个接一个。

⑧ 一骑：指骑着马的人。

⑨ 红尘：飞扬起的尘土。

⑩ 妃子：指唐玄宗李隆基的贵妃杨玉环。

· 译文 ·

　　从长安回头向高高的骊山望去，林木花卉郁郁葱葱，山顶上华清宫的千门万户依次敞开。一位骑马的使者扬鞭飞奔，激起尘土，只为博得杨贵妃嫣然一笑。然而有谁能知道，这千里迢迢的劳民伤财之举，不过是为了向贵妃进献荔枝而已。

·飞马送荔枝·

荔枝保鲜困难,有一日色变,二日香变,三日味变之说。据《新唐书·后妃传》记载,杨贵妃嗜食荔枝,为了给杨贵妃供应新鲜荔枝,唐玄宗曾设专骑从数千里外向京师运送荔枝。如此劳民伤财只是为了满足杨贵妃的一人之欲,可以想象是多么骄奢。

·华清宫·

华清宫位于现在的陕西省西安市临潼区南骊山西北麓(lù)。华清宫是唐代行宫,原名汤泉宫。咸亨二年(671年)易名温泉宫,天宝六年(747年)改为"华清宫",温泉名"华清池"。唐玄宗、杨贵妃经常在此过冬。安史之乱时,华清宫毁于战火,现在的华清宫是后世重建的。

同诸公①登慈恩寺塔②（节选）

〔唐〕杜甫

高标③跨苍穹，烈风无时休。
自非旷士怀，登兹翻百忧。
方知象教力，足可追冥搜。
仰穿龙蛇窟④，始出枝撑⑤幽。
七星在北户，河汉声西流。
羲和⑥鞭白日，少昊行清秋。
秦山忽破碎，泾渭⑦不可求。
俯视但一气，焉能辨皇州⑧？

·作者概况·

　　杜甫代表作有"三吏""三别"。"三吏"指的是《新安吏》《石壕吏》《潼关吏》。"三别"则是指《新婚别》《垂老别》《无家别》。

·注释·

① 诸公：指高适、薛据、岑参、储光羲。
② 慈恩寺塔：即大雁塔。
③ 高标：指慈恩寺塔。标，高耸之物。
④ 龙蛇窟：形容塔内路径的曲折和狭窄。
⑤ 枝撑：塔中交错的支柱。
⑥ 羲和：古代神话中为太阳驾车的神。
⑦ 泾渭：泾水和渭水。
⑧ 皇州：指京城长安。

·译文·

高高的慈恩寺塔好似超出了青天之外，强劲的风仿佛没有休止的时候。若是心胸不够宽广的人，登上此塔反而会触景生情，生出许多忧愁。

在慈恩寺塔上，才深切地感受到佛教的影响力有多大，让人精神充实，足可以构思佳作、探寻胜境。抬头穿过曲折的通道，走出幽暗交错的支柱和围栏。看到北斗七星仿佛就悬在塔北的窗口，耳边仿佛听到天河真的有波涛声向西而去。驾御日车的羲和鞭赶白日，带来夜晚，秋神少昊给人间带来了清秋。

举目望去，秦山破碎不全，流水迷茫难辨，只有一片混沌之气，哪还能分辨得出长安的样子呢？

·慈恩寺·

慈恩寺也称大慈恩寺，位于西安南郊，是中国佛教寺院。唐贞观二十二年（648年），高宗做太子时为追念母亲文德皇后所建，故以"慈恩"为名。玄奘（zàng）曾住在这里八年，翻译了很多经文。

古诗词里的故事

·大雁塔·

　　大雁塔位于慈恩寺内,被视为古都长安的象征。唐永徽三年(652年),高僧玄奘为贮藏从印度取回的经卷、佛像、佛宝而建。塔面呈方形,共7层(塔高起初为5层,最多曾增加到10层,但经后来修建最终更改为7层)。塔身用砖砌成,内有楼梯,可以盘旋而上。唐代中进士者,都有登此塔题名的习惯,称"雁塔题名"。

终南山

〔唐〕王维

太乙①近天都②,连山接海隅③。
白云回望合,青霭④入看无。
分野中峰变,阴晴众壑⑤殊。
欲投人处⑥宿,隔水问樵夫。

·作者概况·

王维曾官至尚书右丞,故有"王右丞"之称。后人称其为"诗佛"。开元二十九年(741年)至天宝三年(744年)之间,王维曾在终南山隐居。

· 注释 ·

① 太乙：指终南山，是秦岭山脉的主峰之一。
② 天都：指长安。
③ 海隅：海边。终南山并不到海边，这是一种夸张手法。
④ 霭：云气。
⑤ 壑：山谷。
⑥ 人处：有人烟的地方。

· 译文 ·

　　巍巍的终南山临近长安城，山连着山仿佛一直蜿蜒到海边。白云缭绕回望中合成一片，看起来茫茫的云气，进入山中以后就看不到了。中央主峰把终南山东西隔开，各山间山谷迥（jiǒng）异、阴晴多变。想在山中找个人家去投宿，于是隔着河川向樵夫询问。

·终南山·

终南山,又叫"太乙山",也叫"太一山",简称"南山"。终南山位于陕西省西安市南面,其主峰海拔2604米。这里有"仙都""洞天之冠"和"天下第一福地"的美称。

终南山云环雾绕,朦胧幽静,雄伟壮观。相传道教全真教的北五祖中,王重阳、钟离权、吕洞宾、刘海蟾都曾在此修道。

·《终南别业》·

王维还写过一首五言律诗《终南别业》,名句"行到水穷处,坐看云起时"就出自此诗。王维在这首诗中记录了自己在终南山悠闲自在的生活。

凉州词① 二首（其一）

〔唐〕王之涣

黄河远上白云间，
一片孤城②万仞③山。
羌笛④何须怨杨柳⑤，
春风不度玉门关。

· 作者概况 ·

王之涣精于文章，善于写诗，多被引为歌词。他十分擅长"歌从军，吟出塞"，是著名的边塞诗人。

· 注释 ·

① 凉州词：依凉州地方乐调创作的歌词。

② 孤城：指凉州一带的某个城。

③ 仞：古代长度单位，古时以七尺或八尺为一仞。"万仞"形容极高。

④ 羌笛：我国古代西部羌族人所吹的笛子。

⑤ 杨柳：指《折杨柳》曲。

· 译文 ·

奔腾的黄河仿佛要流向那布满白云的天边，一座孤城遥对着万仞高山。羌笛何须总是吹奏那哀怨的《折杨柳》曲调呢？古往今来，春风从不会吹过玉门关。

·玉门关·

　　玉门关故址位于今甘肃省敦煌市西北小方盘城。为了防御匈奴的进攻,汉武帝在秦长城的基础上又增修了三段长城,其中在酒泉与玉门之间修长城时建了玉门关。玉门关因西域多从此处运输玉石而得名,是古"丝绸之路"的重要关隘(ài)。宋代以后,中西陆路交通逐渐衰落,玉门关也随之荒废了。

古诗词里的故事

· **折柳赠别** ·

　　唐代共历时289年，当时疆域辽阔，经济发达，文化昌盛，对外交流活跃。那时的人们因为谋生、经商、科举、赴任、从军等，亲友之间经常经历离别。人们为了表达离别之情，往往会折柳赠别，折柳也几乎成了离别的代名词。

　　折柳赠别，是因"柳"与"留"谐音，赠柳有留客之意。此外，柳树易活，地无南北，插下即生，也饱含了对即将离别的亲友的祝福之意。长安东郊灞(bà)水上的灞桥，是有名的送别之地，人们常在这里为亲友饯行，同时以柳枝相赠，寄托心中的依依惜别之情。

从军行七首（其四）

〔唐〕王昌龄

青海①长云②暗雪山③，

孤城遥望玉门关。

黄沙百战穿④金甲⑤，

不破楼兰⑥终不还。

· 作者简介 ·

王昌龄（约698—756），字少伯，京兆长安（今陕西西安）人。唐代著名诗人。其诗以七绝见长，尤以边塞诗最为著名，有"诗家夫子""七绝圣手"之称。

· 注释 ·

① 青海：即青海湖，在今青海省西宁市。
② 长云：层层浓云。
③ 雪山：指祁连山，在今甘肃省。
④ 穿：磨破。
⑤ 金甲：铁甲。
⑥ 楼兰：楼兰为古代西域国名，这里泛指扰乱边疆安宁的敌患。

· 译文 ·

　　青海湖上浓云翻卷，使皑（ái）皑雪山也变得灰暗，放眼远望空旷的大漠，孤零零的边塞古城和玉门关遥遥相望。战士们长年征战沙场，将坚固的铁甲几乎磨穿，心中只有一个誓愿，不平定边患决不回还。

·楼兰古国·

楼兰，后改为"鄯（shàn）善"，是古代西域的一个小国。原来只是一个小部落，丝绸之路开通后，域外文明尤其是汉文明的传入极大程度地加速了楼兰文化的发展，楼兰曾一度成为世界上最开放、最繁华的"城廓之国"，文化极度辉煌。后来，楼兰一夜之间神秘消失，只留下楼兰古城遗迹、古墓葬群、各种文书等。

·鸟类天堂·

青海湖位于青海省东北部,古代称"西海",蒙古语称"库库淖尔",意为"青色的湖"。青海湖是我国最大的内陆咸水湖,湖中有海心山、孤插山(又称"三块石")、沙岛等五个岛屿。

在青海湖西北面,有一块面积不足1平方千米的小岛,在这个岛上栖息着数万只鸟,而且种类繁多,这就是有名的青海湖鸟岛。每当到了产卵的季节,岛上的鸟蛋一窝连一窝,密密麻麻,因此青海湖鸟岛还被人们称为"蛋岛"。

附录：

古诗词里的名句

前不见古人，后不见来者。
　　　　　　——《登幽州台歌》〔唐〕陈子昂……2

山一程，水一程，身向榆关那畔行，夜深千帐灯。
　　　　　　——《长相思》〔清〕纳兰性德……6

天苍苍，野茫茫，风吹草低见牛羊。
　　　　　　——《敕勒歌》北朝民歌……10

过江千尺浪，入竹万竿斜。
　　　　　　——《风》〔唐〕李峤……14

商女不知亡国恨，隔江犹唱后庭花。
　　　　　　——《泊秦淮》〔唐〕杜牧……18

姑苏城外寒山寺，夜半钟声到客船。
　　　　　　——《枫桥夜泊》〔唐〕张继……22

天下三分明月夜，二分无赖是扬州。
　　　　　　——《忆扬州》〔唐〕徐凝……26

海日生残夜，江春入旧年。
　　　　　　——《次北固山下》〔唐〕王湾……30

日出江花红胜火，春来江水绿如蓝。
　　　　　　——《忆江南》〔唐〕白居易……34

乱花渐欲迷人眼，浅草才能没马蹄。
　　　　　　——《钱塘湖春行》〔唐〕白居易……38

欲把西湖比西子，淡妆浓抹总相宜。
　　　　——《饮湖上初晴后雨二首（其二）》〔宋〕苏轼……42

接天莲叶无穷碧，映日荷花别样红。
——《晓出净慈寺送林子方二首（其二）》〔宋〕杨万里……46

野旷天低树，江清月近人。
　　　　　　　　——《宿建德江》〔唐〕孟浩然……50

西塞山前白鹭飞，桃花流水鳜鱼肥。
　　　——《渔歌子·西塞山前白鹭飞》〔唐〕张志和……54

东南形胜，三吴都会，钱塘自古繁华。
　　　——《望海潮·东南形胜》（节选）〔宋〕柳永……58

两岸青山相对出，孤帆一片日边来。
　　　　　　　——《望天门山》〔唐〕李白……62

春潮带雨晚来急，野渡无人舟自横。
　　　　　　——《滁州西涧》〔唐〕韦应物……66

七八个星天外，两三点雨山前。
　　　——《西江月·夜行黄沙道中》〔宋〕辛弃疾……70

飞流直下三千尺，疑是银河落九天。
　　　——《望庐山瀑布二首（其二）》〔唐〕李白……74

不识庐山真面目，只缘身在此山中。

——《题西林壁》〔宋〕苏轼……78

闲云潭影日悠悠，物换星移几度秋。

——《滕王阁》〔唐〕王勃……82

会当凌绝顶，一览众山小。

——《望岳》〔唐〕杜甫……86

流水如有意，暮禽相与还。

——《归嵩山作》〔唐〕王维……90

欲穷千里目，更上一层楼。

——《登鹳雀楼》〔唐〕王之涣……94

如今直上银河去，同到牵牛织女家。

——《浪淘沙（其一）》〔唐〕刘禹锡……98

谁家玉笛暗飞声，散入春风满洛城。

——《春夜洛城闻笛》〔唐〕李白……102

近乡情更怯，不敢问来人。

——《渡汉江》〔唐〕宋之问……106

日暮乡关何处是？烟波江上使人愁。

——《黄鹤楼》〔唐〕崔颢……110

江流天地外，山色有无中。

——《汉江临泛》〔唐〕王维……114

亲朋无一字，老病有孤舟。

——《登岳阳楼》〔唐〕杜甫……118

遥望洞庭山水翠，白银盘里一青螺。
——《望洞庭》〔唐〕刘禹锡……122

户多输翠羽，家自种黄甘。
——《送桂州严大夫同用南字》〔唐〕韩愈……126

岭树重遮千里目，江流曲似九回肠。
——《登柳州城楼寄漳汀封连四州》〔唐〕柳宗元……130

夜发清溪向三峡，思君不见下渝州。
——《峨眉山月歌》〔唐〕李白……134

借问路旁名利客，何如此处学长生？
——《行经华阴》〔唐〕崔颢……138

一骑红尘妃子笑，无人知是荔枝来。
——《过华清宫绝句三首（其一）》〔唐〕杜牧……142

七星在北户，河汉声西流。羲和鞭白日，少昊行清秋。
——《同诸公登慈恩寺塔》（节选）〔唐〕杜甫……146

秦山忽破碎，泾渭不可求。俯视但一气，焉能辨皇州？
——《同诸公登慈恩寺塔》（节选）〔唐〕杜甫……146

白云回望合，青霭入看无。
——《终南山》〔唐〕王维……150

羌笛何须怨杨柳，春风不度玉门关。
——《凉州词二首（其一）》〔唐〕王之涣……154

黄沙百战穿金甲，不破楼兰终不还。
——《从军行七首（其四）》〔唐〕王昌龄……158